하늘로 보내는 마지막 인사

그대를 생각하지 않은 날이 없습니다

* 이 책은 한국출판문화산업진흥원의 우수출판콘텐츠 제작 지원을 받아 발행되었습니다.

하늘로 보내는 마지막 인사

그대를 생각하지 않은 날이 없습니다

펴낸날 2016년 11월 30일 1판 1쇄

지은이 김서윤
펴낸이 강유균
교정·교열 이교숙 김아름
디자인 박유진
그림 안성구

펴낸곳 리드리드출판(주)
출판등록 1978년 5월 15일(제 13-19호)
주소 경기도 고양시 일산서구 고양대로632번길 60, 405호
전화 (02) 719-1424
팩스 (02) 719-1404
이메일 gangibook@naver.com

ISBN 978-89-7277-312-2 03810

이 도서의 국립중앙도서관 출판예정도서목록(CIP)은 서지정보유통지원시스템 홈페이지(http://seoji.nl.go.kr)와 국가자료공동목록시스템(http://www.nl.go.kr/kolisnet)에서 이용하실 수 있습니다.
(CIP제어번호: CIP2016026088)

하늘로 보내는 마지막 인사

그대를 생각하지 않은 날이 없습니다

글 김서윤

리드리드출판

차 례

1장 부모의 가슴에 묻다

2장 형제, 절반의 상실

3장 부모는 기다려주지 않는다

4장 나의 반쪽이여!

5장 줄이 끊어지다

제6장 가는 세월을 어찌 막으랴

에필로그

1장

부모의 가슴에 묻다

단장지애斷腸之哀

부모를 여의는 것은 하늘이 무너지는 슬픔이라 해서 '천붕天崩'이라 한다. 그렇다면 자식을 잃는 슬픔은 무엇이라 표현할까? 자식을 잃는 것은 땅이 꺼지는 아픔에 비유해 '참척慘慽'이라 한다. 그리고 창자가 끊어지는 아픔이라 해서 '단장斷腸'에 비유하기도 한다. 이는 『세설신어世說新語』 '출면편黜免篇'에 나오는 일화에서 유래된 말이다.

중국 동진東晋의 장수 환온이 촉蜀을 침공하기 위해 장강을 거슬러 올라가고 있었는데 한 병사가 새끼원숭이 한 마리를 잡아왔다. 그런데 그 원숭이의 어미가 환온이 탄 배를 따라 백여 리를 쫓아왔다. 그리곤 강어귀가 좁아진 곳에 배가 이르자, 어미 원숭이는 새끼를 태운 배를 향해 몸을 날렸다. 하지만 자식을 구하려는 일념 하나로 달려왔던 어미 원숭이는 배에 오르자마자 죽고 말았다. 다른 한 병사가 어미 원숭이의 배를 갈라보니 창자가 마디마디 끊어져 있었다. 환온은 새끼를 잡았던 병사를 꾸짖고 내쫓아버렸다.

이렇듯 자식을 잃은 슬픔은 마치 창자腸子가 끊어지는 아픔과 같다는 '단장'에 비유되고 있다.

하늘을 보고 통곡하고, 땅을 치며 울어도

배용길이 딸에게

부모라면 누구나 자식이 아프지 않고 건강하게 크기를 바란다. 옛사람들이라고 크게 다르지 않았다. 자식이 다치기라도 할까 봐 전전긍긍하고, 혹여 아프기라도 하면 대신 아팠으면 할 정도로 모든 신경이 자식에게 향하게 된다.

조선 중기의 문신인 배용길1556~1609의 딸에 대한 사랑도 그랬다. 현대에도 아버지의 지극한 딸 사랑을 '딸 바보'라 칭하는데, 당시의 배용길이 딸 바보의 전형이었다. 그는 스물여섯 살에 맏딸 숙가를 얻었다. 당시로 치면 늦은 나이에 얻은 맏딸이었다. 그렇게도 간절하게 원했던 자식인지라 그의 딸 사랑은 남달랐을 수밖에 없었다. 하지만 그런 딸을 먼저 저 세상으로 보내야 했던 그의 심정은 오죽했겠는가!

너의 병이 위중하다는 말을 듣고 허겁지겁 달려갔지만 선뜻 집안으로 들어가지 못하였다. 애가 타는 마음에 이름을 부르자 방문이 열렸지만, 그저 울타리 밖에서 방 안에 누워 있는 너의 모습을 보아야만 했다.

나는 "아비가 왔다. 억지로라도 꼭 먹어야 한다, 알겠느냐?" 하며 안타까운 마음에 소리를 질렀다. 너는 힘겹게 고개를 돌려 나를 바라보며 가냘픈 목소리로 "예, 예!" 대답하고 희미하게 웃어주었다. 그러나 너는 사흘을 못 버티고 영영 내 곁을 떠나고 말았구나.

아직도 나를 보며 웃던 모습과 대답 소리가 귓전에 남았는데 너는 어디로 간 것이냐! 하늘을 보고 소리쳐 통곡을 하고, 땅을 치며 울어도 더 이상 너를 볼 수 없구나.

『금역당집 6권』 '딸 숙가淑嘉를 애도하는 제문' 일부

그가 쓴 딸의 제문에는 부모로서 자식을 먼저 보낼 수밖에 없었던 슬픔이 그대로 묻어나 있다. 자식이 부모를 그리며 쓴 제문도 슬프겠지만, 부모가 자식의 제문을 쓰는 심정은 어떻겠는가. 아마도 억장이 무너졌으리라.

금이야 옥이야 길렀던 숙가는 열두 살 때 양쪽의 편도가 모두 붓고 아픈 쌍아雙蛾라는 병을 앓았다. 설상가상으로 임진왜란까지 발발하면서 상황이 어려워졌다. 가족들은 왜군을 피해 예안 · 고산 ·

온계 등으로 힘들고 고된 피난살이를 했다. 배용길은 안동에서 의병을 일으킨 김해의 부장으로 활약하기도 했다.

피난살이를 하다 다시 집으로 돌아온 그들에게는 먹을 것조차 남아 있지 않았다. 아픈 딸을 가만 두고 볼 수 없었던 배용길은 이웃마을로 식량을 빌리러 갔는데, 그만 역병에 전염되고 말았다. 그는 혹시라도 아픈 딸에게 자신의 역병이 전염될까 봐 숙가를 얼른 다른 집으로 옮겼다. 얼마 뒤 자신의 병이 조금 호전되자 딸을 간호하려고 나섰지만 노모는 섣부른 아들의 행동을 나무랐다. 그가 애타는 마음으로 역병이 빨리 떨어지기를 기다리는 순간에도 숙가의 병은 점점 깊어져 갔다.

딸의 위중한 상태를 듣고도 대문을 넘지 못하는 아버지의 심정, 울타리 너머로 아픈 딸의 모습을 바라만 볼 수밖에 없었던 아버지의 심정이야말로 창자가 끊어지는 아픔이 아니었겠는가.

> 나와 네 어미는 시집 장가가 늦어 너를 낳은 것도 늦었으니, 사랑을 쏟음이 어떠했겠느냐.

지극한 정을 쏟아 기른 첫 딸이 온갖 재롱을 다 보여주고, 이제 더 키워 시집이라도 보내면 좋으련만 겨우 열 살 넘어서 부모 곁을 떠나려 한다. 더군다나 아픈 딸이 더 아플까 봐 다가가지도 못하는데, 그 와중에도 아버지를 보고 웃어주던 기특한 딸이 아닌가. 결국 딸을 떠나보낼 수밖에 없었다.

> 너의 동생들이 내 곁에서 즐겁게 놀면서 웃어도, 어찌 나의 슬프고 답답한 가슴을 풀 수 있겠느냐. 거문고를 당겨 몇 번 튕겨보아도 기쁘지 않고 긴 노래를 여러 곡 불러도 즐겁지가 않구나.

어린 딸을 보낸 아버지의 가슴은 다른 자식들의 재롱에도, 더한 효도에도 채울 수가 없었다. 이미 그 가슴에 뻥 뚫린 무덤이 생겼기 때문이다. 비록 어쩔 수 없는 상황이었다고는 하지만 아픈 딸을 눈앞에 두고도 제대로 간호조차 해주지 못한 아버지의 가슴속에는 평생 한으로 남을 뿐이었다. 오히려 남은 자식의 웃는 모습에서 먼저 간 자식에 대한 그리움과 미안함만 더할 뿐이다.

"부모가 죽으면 땅에 묻고 자식이 죽으면 가슴에 묻는다"고 한다. 오죽하면 자식을 먼저 보내야 하는 부모의 심정을 창자가 끊어지는 고통이라고 했을까. 가족은 죽음이라는 것으로 인연이 쉽게 끝나는 것이 아니다. 장례를 치룬 며칠 사이로 이별이 정리되거나 몇 년이 지났다고 잊을 수 있는 게 아니다. 평생을 떠나보내지 못하고 가슴 속에 품고 살아간다. 하물며 눈에 넣어도 아프지 않은 자식이라면 오죽할까.

내 정성이 부족한 까닭이더냐

세종이 첫째 딸 정소공주에게

흔히 부모의 자식사랑을 말할 때 “열 손가락 깨물어 아프지 않은 손가락 없다”고 한다. 그렇지만 손가락이 다 다르듯 그 애정의 색깔도 조금 다르지 않을까. 부모의 입장에서는 유난히 아픈 손가락도 있는 법이다. 손가락이 유난히 짧다든지, 장애가 있다면 아무래도 더 신경이 쓰일 수밖에 없지 않겠는가.

조선 건국 후 많은 왕손을 남기는 것도 왕의 의무였다. 세종은 무수한 업적으로 조선의 기틀을 마련한 왕이다. 또한 18남 4녀라는 자식들을 두었지만 그들 모두에게 사랑을 쏟은 세종이었다. 그런 세종에게도 더 정이 가는 손가락이 있었다.

그의 첫째 딸인 정소공주貞昭公主:1412~1424가 바로 그 특별한 손가락이었다. 정소공주는 세종이 충녕대군 시절인 열여섯 살 되던 해에 낳은 첫 자식이다. 첫딸이니만큼 세종은 정소에게 남다른 애정을 쏟았다. 문종도 두 살 터울의 누나에 대한 정이 깊었다고 한다. 왕실에서도 유난히 어여뻐했던 공주가 부모보다 먼저 세상을 떠난 것이다. 세종은 광평대군과 평원대군도 먼저 떠나보냈지만 유독 정소공주의 죽음은 받아들이기 힘들어했다.

> 오래 살고 일찍 죽는 것은 하늘에서 정한 것이니 인간이 어찌할 수 없지만, 부녀지간의 지극한 정은 하늘도 갈라놓을 수 없을 것이다.
>
> 너는 비록 연약하였으나 착하고 맑았으며 효심이 깊었다. 게다가 나이는 어렸지만 훌륭한 성인과도 같아 사랑하지 않을 수 없었단다. 네가 결혼을 해서 행복하게 잘 사는 모습을 보고 싶었건만 어찌하여 병을 이기지 못하고 어린 나이에 나의 곁을 떠났단 말이더냐.
>
> 이 아비가 병간호를 정성껏 하지 못한 탓이고 기도가 부족한 탓이더냐. 너의 고운 목소리와 아름다운 모습은 아직도 눈앞에 생생하구나. 가슴을 치고 슬퍼하며 참아보지만 눈물이 계속 흘러내리는구나. 영혼이 있어 네가 슬픔을 안다면 내 슬픈 마음을 알리라.

세종실록 6년 3월 3일 '내관 최득룡에게 명하여 왕녀에게 사제한 제문' 일부

조선에서 최고의 대접을 받는 공주라도 병을 피해갈 수는 없었다. 역병 중에서도 가장 혹독한 완두창마마에 걸린 정소공주는 병을 이겨내지 못했다. 당시에는 이 병에 걸리면 죽는 줄 알았고, 실제로도 대부분 죽었기 때문에 호환마마虎患媽媽라고도 불렸다. 정소공주를 살리기 위해 세종은 온갖 좋은 약재와 조선 최고의 어의에게 보살피게 했다. 하지만 세종의 동생인 성녕대군도 완두창에 걸려 죽음을 맞이했으니 공주를 보는 세종의 마음이 어떠했을까.

아무리 최고의 의원과 약재가 있는 궁궐이라 하더라도 어린 공주의 몸으로 지독한 마마를 이겨내기 쉽지 않다는 것을 세종이 몰랐을 리 없다. 그래서 마음으로 공주가 견뎌주기를 간절히 바랐을 것이다. 바쁜 업무에도 불구하고 곁을 지키며 정성을 다해 간호했으리라. 하지만 아버지의 간절한 바람에도 불구하고 그녀는 열세 살의 나이에 눈을 감았다.

첫 자식이라 부모로서의 첫 마음을 온통 쏟아 부었던 딸이었다. 그런 딸을 보내는 슬픔이 어찌 여느 아버지와 다를 바 있었겠는가. 그러나 세종은 한 아이의 아버지이기도 했지만 한 나라의 국왕이었다. 차마 드러내놓고 슬퍼할 수도 없는 자신의 처지가 애통하지 않았겠는가.

사가에 있을 때부터 품었던 자식이었고, 즉위한 이후 바쁜 업무에도 틈만 나면 달려가 어루만지던 딸이었다. 직접 공부도 가르치며 작은 손을 잡고 산책도 같이했던 아이였다. 정소공주는 어쩌면 어렵고 복잡한 일상에 지친 세종에게 청량제 같은 존재가 아니었을까. 딸아이의 손을 잡고 거닐며 한없이 아빠미소를 지었을 세종의 모습이 떠오른다. 그런 딸의 손을 영원히 놓아야 했으니 어찌 마지막 편지를 쓰는 붓인들 쉽게 잡을 수 있었겠는가.

한 나라를 이끄는 국왕이라지만 자식을 먼저 보내는 아버지로서는 나약하기 그지없었다. 붓을 잡은 손이 떨려 차마 적지 못하고 자신의 절절한 마음을 내관에게 대신 적게 했다. 죽음으로 딸을 떠나보내는 것이 아닌 혼인으로 떠나보낼 수 있기를 바랐던 아버지의 마음이 느껴진다.

오래 살고 일찍 죽는 것은 운명이니 예로부터 피하기 어렵지만 부녀간의 정은 언제까지나 변하지 않는다. 사랑하고 예뻐하는 마음은 마음으로부터 우러나오는 것이니 어찌 죽었다 하여 달라지겠는가.

네가 내 곁을 떠나고 세월이 여러 번 바뀌었지만 너를 생각하는 마음은 갈수록 커지는구나. 더군다나 이제 담제일禫祭日이 다가오니 나의 슬픔은 배로 절실하다. 어린 너의 어여쁜 모습을 떠올리지만 이제는 이승과 저승으로 갈라져 버렸구나. 하여 내가 너에게 해줄 수 있는 것은 한정이 있으나 너를 생각하는 마음에는 한정이 없도다.

세종 8년, '고 정소공주의 담제를 지내다'

세종은 죽은 딸을 위하여 물과 육지를 헤매는 외로운 영혼을 달래는 수륙재를 올렸다. 장례식 때는 세 명의 공신과 육조의 당상관들이 성문 밖까지 전송할 정도로 크게 대우를 했다고 한다. 그리고 3년이 지나 공주의 담제일이 되어서야 세종은 비로소 하늘에 있는 딸에게 편지를 쓰기 위해 붓을 잡는다.

부모는 죽을 때까지 자식을 가슴에 품는다. 먼저 보낸 자식도 마찬가지다. 장례를 끝냈다고 슬픔이 끝나는 것은 아니다. 가슴 속에 맺힌 채 함께 살아가는 것이다. 그렇게 자식을 잃은 부모의 슬픔은 생이 다 할 때까지 끝나지 않는다.

이것으로라도 아비의 얼굴을 대신하련다

허목이 딸에게

부모와 자식 사이에는 파동이 존재한다는 주장이 있다. 부모가 자식 걱정을 하면 그 마음이 자식에게로 전해진다고 한다. 반대로 자식의 불안한 마음 역시 부모가 느낄 수 있다는 것이다. 아무리 먼 곳에 있어도, 직접 말하지 않아도 마음으로 느낄 수 있는 것은 파동이 연결되어 있기 때문이라는 것이다.

조선 후기 정계와 사상계를 이끌어간 인물이자 남인 실학파의 기반이 된 미수眉壽 허목許穆:1595~1682은 꿈을 통해 딸의 파동을 느꼈다. 거리상으로는 천리나 떨어진 곳이었는데 꿈속에서 본 딸아이의 모습은 건강한 상태가 아니었다. 꿈에서 깨어난 그는 불안감을 떨치지 못하고 딸아이가 있는 집으로 향했다.

그렇게 집으로 돌아온 그를 기다린 것은 딸의 죽음이었다. 아마도 딸이 자신의 상태와 아버지를 그리는 마음을 파동으로 보내지 않았을까.

아버지가 출타 중인 상황에서 여덟 살의 나이에 학질에 걸려 사경을 헤매는 딸, 어머니는 아이를 치료하기 위해 백방으로 의원을 찾아가고 약을 구해오지만 차도가 없다. 어머니는 자신이 대신 아프게 해달라고 울부짖었다.

"어머니가 아프면 남은 아이들은 누굴 믿고 살겠습니까?"

대학자의 딸이 아니랄까 봐 어린 나이의 딸은 고통 속에서도 어머니를 달랠 정도로 의연했다. 그러면서도 부재중인 아버지가 그리웠던 딸은 펄펄 끓는 열로 헛소리를 하면서도 아버지를 찾았다. 그런 딸의 그리움이 아버지의 꿈속까지 찾아갔다. 꿈이 아니었다면 허목이 그렇게 허겁지겁 집으로 향하지는 않았을 것이다. 아버지는 집으로 돌아오면서도 꿈은 반대이니 건강한 모습으로 반겨줄 것이라고 애써 불길한 마음을 달랬다. 그러나 뒤늦게 도착한 허목은 아비를 애타게 찾다가 떠났다는 말을 들으며 가슴이 미어졌다. 자신이 하루만 더 빨리 왔더라면 이리 한스럽지는 않았을 텐데, 잠도 자지 말고, 쉬지도 말고 달려오지 않은 자신을 끝없이 책망하였다. 더 이상 초롱초롱한 눈으로 자신을 볼 수 없는 딸의 감긴 눈앞에서 아버지는 체면도 버리고 통곡을 했다.

잠시 낮잠을 자는 사이에 꿈을 꾸었는데 네가 내 옆에 있더구

나. 그런데 그 모습이 너무 마르고 초췌하여 놀라 깨어보니 꿈이었다. 혹시 어디 아픈 것은 아닌지 걱정이 되어 하루바삐 집으로 돌아가고 싶은 마음이 간절했다.

드디어 급한 마음으로 허겁지겁 집으로 돌아와 보니 네가 세상을 떠난 지 이미 하루가 지난 상태였다. 학질말라리아에 걸려 앓고 누운 지 보름 만에 끝내 숨을 거두었다고 했다.

이 아비는 늦게 도착한 것이 한스러워 네가 들어가 있는 관을 부여잡고 통곡을 했다. 그리고는 나의 수염과 머리카락을 잘라 너의 관속에 넣었다. 이제는 이승과 저승으로 영원히 멀어졌으니 이것으로라도 아비의 얼굴을 대신하련다.

『기언 제42권』 '어린 나이로 죽은 딸아이의 빈표' 일부

빈표殯表란 장사를 지내기 전에 임시로 세우는 표석을 말한다. 딸의 이른 죽음에 아버지는 아직 보내고 싶지 않았을지도 모른다. 차마 보내고 싶지 않은 마음, 붙잡고 싶은 마음을 빈표에 담지 않았을까.

허목은 아버지를 끝내 보지 못하고 죽은 딸을 위해 자신의 수염과 머리카락을 잘라 관에 넣어주었다. 그것으로나마 위안을 삼고 영원히 볼 수 없는 아버지의 얼굴을 대신하게 해주고 싶은 마음이었을 것이다. 비록 죽음으로 헤어지긴 하지만 영원히 함께하고 있으니 안심하라는 아비의 깊은 마음이 담겨있기도 하다.

죽은 자는 아는가, 모르는가? 살아서 너를 그리워하는 마음만
끝없게 만들었구나.

어린 딸을 먼저 보낼 수밖에 없는 아버지의 안타까운 절규가 아닐 수 없다. 허목은 아이를 할아버지 곁에 묻으며 제문을 지었는데 맨 마지막에 "죽은 너를 살아 있는 듯이 그리워한다"고 적었다. 마지막 모습조차 보지 못했던 허목의 마음이 고스란히 묻어나는 대목이다. 보고 싶은 아비의 얼굴조차 보지 못했던 아이를 부모가 어찌 한시라도 잊을 수 있겠는가. 그렇기 때문에 누구보다 더 끝없이 그리워할 수밖에 없는 허목의 통곡이 사무치게 안타까운 것이다.

그 고통을 어찌 감당하란 말이냐

김창협이 아들에게

어떤 음악을 듣거나 장소를 떠올릴 때 생각나는 사람이 있다. 같이했던 추억이 새록새록 떠오르고 더욱 애틋한 감정이 솟는다. 물건 하나만 보더라도 마치 각인이 되어버린 것처럼 자연스럽게 떠오르는 얼굴, 동그라미 그리려다 무심코 그려진 얼굴은 아마 손이 아닌 마음이 그려낸 것일 게다. 자식의 죽음 앞에서 어떤 부모가 미치지 않고서야 어찌 견딜 수 있을까. 자식과 함께했던 추억이 많을수록 그 비통함은 깊어진다. 눈에 보이는 모든 것들에 자식의 손길이, 발길이, 미소가 어려 있기 때문이다.

조선 후기의 학자이자 문신이었던 김창협1651~1708은 평탄치 않은 가족사에 얽혀 있다. 아버지 김수항은 숙종 때 기사환국으로 진도로 유배된 후 사사되었다. 그래서 그도 벼슬을 물리고 은거의 삶을 보냈다. 그는 벼슬보다 문학과 유학儒學의 대가로서 이름이 높았고, 당대의 문장가이며 서예에도 뛰어났다. 그에게는 열아홉 살에 요절한 17세기의 천재 시인 김숭겸1682~1700이라는 아들이 있었다.

아, 숭겸아. 너는 지금 어디로 가려느냐? 성문을 나가서 동쪽으로 30리를 가면 중령포中泠浦와 망우령忘憂嶺 등이 나오는데, 이곳은 모두 네가 일찍이 나귀를 타고 오가던 곳이다. 그런데 지금은 어찌하여 관에 누워 그 길을 간단 말이냐. 또한 삼주三洲 집 주위의 거리에 있는 서골암棲鶻巖과 난가대爛柯臺는 네가 시를 읊으며 경치를 감상하던 곳이거늘 지금은 어찌하여 관에 누워 그곳에 머물게 되었단 말이냐.

셋째 딸을 잃고 난 후, 정신이 나가 병이 깊어졌는데 다시 또 너를 잃고 나니 허망한 것이 마치 내가 바보 같기도 하고 미치광이 같기도 하여 정상적인 생활을 할 수가 없구나. 그런데 또 둘째 딸마저 병이 날로 심해져서 죽음을 앞에 두고 있으니 마음이 목석이 아닌 이상 이 고통을 어떻게 감당할 수 있겠느냐.

『농암집 제30권』 '죽은 아들에 대한 제문' 일부

자기의 속마음을 알아주는 친구를 지음知音이라고 한다. 김창협에게 아들 숭겸은 지음과도 같은 존재였다. 그는 아들과 말을 타고

길을 오갈 때면 고개에 올라 같이 시를 짓는 것이 유일한 즐거움이었다. 아버지가 시를 지으면 그 시에 화답하는 아들이었으니 달리 지음이라 하겠는가. 시로 통하는 부자지간은 다른 말이 필요치 않았을 것이다.

그런 아들의 부재는 아버지에게 큰 충격이었다. 아들과 함께 다니던 길만 봐도 눈물이 흘렀다. 같이 주거니 받거니 시를 짓던 일이 떠오를 때면 그리움이 더 깊어졌다. 그래서였을까. 그는 숭겸이 죽은 후로 다시는 시를 짓지 않았다고 한다. 충격이 얼마나 컸는지 짐작하고도 남음이 있다.

> 너희 형제들이 잘 자라서 시집을 가고 장가를 드는 것을 보면서 사람들은 역병에 걸려 죽는다거나 요절하는 불행이 없으니 참으로 복이 많다고 하였다. 나 자신도 이런 복을 얻었으니 더 이상의 욕심 부리지 않고 다른 변고 없이 여생을 마치는 것이 바람이었다.

딸 다섯에 대를 이을 아들이 하나밖에 없었으니 어쩌면 아들을 보는 것만으로도 닳아 없어질까 노심초사했을지도 모른다. 대부분의 다른 집들은 전염병이나 알지 못하는 다른 이유로 어린 아이들을 잃는 경우가 허다했다. 하지만 그는 아들이 장성해서 혼사까지 치른 후에 떠나보낸 것이다. 더구나 결혼을 하고 아이까지 낳은 셋째 딸이 세상을 떠난 후, 아들 숭겸마저 그 뒤를 따랐으니 아버지의 심정은 갈기갈기 찢어졌으리라.

셋째 딸이 죽은 지 100일도 되지 않아 그 슬픔이 그득한 때에 아들 숭겸마저 시름시름 앓다가 허망하게 죽었다. 아버지는 모든 방법을 동원해서 아들의 치료에 최선을 다했지만 소용이 없었다. 애가 타는 아버지의 심정을 어찌 말로 표현할 수 있을까. 게다가 장가를 가긴 했지만 숭겸은 아직 자식도 없는 상태여서 대를 이을 후손조차 없었다. 미치지 않고서야 어찌 견딜 수 있을까. 그는 백발의 나이에 홀로 천하에 제일 불쌍한 사람이 되었다며 탄식했다.

그가 아들을 얼마나 아끼고 사랑했는지는 여러 개의 제문으로도 알 수 있다. 그 중에서 읽는 이의 마음까지 아프게 하는 제문 하나가 더 있다. 사랑하는 사람을 떠나보낸 적이 있는 사람이라면 누구나 공감할 것이다. 그렇지 않다고 해도 살아 있는 사람의 고통이 어떤지 여실히 느낄 수가 있을 것이다.

처음 너를 잃었을 때는 정신없이 멍한 상태여서 네가 정말로 죽었고 내가 홀로 남겨졌다는 것을 깨닫지 못하고 있었다. 그러다가 장례를 치르고 돌아와 문상객들도 모두 돌아가 집 안이 텅 비어 고요해지자 그때서야 더 이상 네가 집에 있지 않다는 생각이 떠오르더구나.

이제 집 안에서 내 곁에 앉아 있을 사람이 누구이고, 집을 나설 때 따라 나설 사람이 누구이며, 나의 말을 들어 주고 나의 시에 화답해 줄 사람이 누구란 말이더냐. 또한 집으로 돌아올 때 말 머리를 잡으며 마중을 나올 사람이 누구더냐. 멍한 모습으로 외로움과 실의에 빠져 어찌 할 줄 모르는 나의 모습이 마치 썩은 나무에 가지가 없고, 불이 꺼져 버린 재가 다시 타지 못하는 것처럼, 나의 인생은 더 이상 즐거움이 없구나. 그런데도 배가 고프면 먹어야 하고 추우면 옷을 껴입고, 병이 나면 약을 먹으며 너를 보낸 후로 1년이나 더 살고 있으니 이렇게나 내가 무심하구나.

『농암집 제30권』 '죽은 아들의 소상 때에 쓴 제문' 일부

사랑하는 사람을 떠나보낸 이들은 처음에는 어떻게 시간이 가는지도 모르게 지나간다. 그러다 어느 순간 평범한 일상생활 속에서 사랑하는 단 한 사람만이 보이지 않을 때 느껴지는 허망함은 그 무엇으로도 채워지지 않는다. 그들은 아무것도 할 수 없을 것 같았는데 그래도 그 와중에 또 의연히 살아가고 있는 자신이 참으로 밉고 한심하기도 했으리라. 배가 고프면 먹고, 추우면 옷을 입고, 잠을 자는 일상조차도 미안하게 생각하는 것이 살아 있는 사람들의 마음이다.

김창협은 묏자리 두 자리를 함께 마련했다. 아래는 아들 숭겸을 묻었다. 비워둔 윗자리에는 자신이 묻힐 생각이다. 죽어서라도 아

들과 함께 있고 싶은 아버지의 간절한 바람이다. 사랑하는 아들을 먼저 떠나보내고 홀로 남은 늙은 아비가 무덤 앞에서 통곡하는 모습은 생각만으로도 마음이 시려온다.

나는 누가 묻어준단 말이냐

상진이 아들에게

해마다 어머니 생신이면 수연을 열고
삼형제가 노래자처럼 춤을 추었지
오늘은 머나먼 바다 밖으로 떨어져 있어서
마을 어귀에 기대선 어머니 마음을 슬프게 하네

이 시는 조선 중기의 문인 정온1569~1641의 『동계집』에 실려 있다. 이 시에 나오는 '노래자老萊子'는 중국 초楚나라 사람으로 중국을 대표하는 효자이다. 그는 일흔의 나이에 양친을 모시고 살며 즐겁게 해주기 위해 어린아이 노릇을 했다 한다. 색동옷을 입고 춤을 추거나 물그릇을 들고 가다가 자빠져서 엉엉 울기도 하며 온갖 재롱을 부렸다.

효자인 노래자나 정온을 부러워할 만한 이가 많을 것이다. 그 중 조선 중기의 문신인 상진1493~1564도 다르지 않았다. 상진에게는 재롱을 피울 자식들이 없었다. 그보다 먼저 세상을 떠났기 때문이다. 자식을 잃은 늙은 아비의 상실감은 아들의 제문에 절절히 드러난다.

> 지난해에는 네가 자식을 잃어 슬퍼하더니 올해에는 내가 너를 잃고 슬퍼하는구나. 부자지간의 정이 어떠하다는 것은 이미 네가 더 잘 알 것이다.
>
> 너의 죽음을 내가 슬퍼하며 울어주지만 나의 죽음은 누가 슬퍼하며 울어준단 말이냐. 또한 너는 내가 묻어 주었지만 내가 죽으면 누가 나를 묻어 준단 말이냐. 머리가 하얗게 센 노인이 슬피 우니 청산도 함께 울어주는구나.
>
> 『범허정집 5권』 '아들에 대한 제문'

상진은 아들을 잃기 바로 전 해에 손자를 잃었다. 그는 아들 삼형제를 두었지만 두 아이는 더 일찍 세상을 떠났다. 그런데 하나 남은 자식마저 늘그막에 죽고 만 것이다. 어느 때이건 자식을 잃은 슬픔이야 크겠지만 이제 나이를 먹어 의지할 곳이라곤 하나 남은 아들밖에 없었던 그에겐 억장이 무너지는 일이었으리라.

누구는 노래자가 되어 부모를 기쁘게도 해주지만 상진은 그저 부러울 뿐이다. 단 한 자식이라도 살아서 의지가 되어주면 좋으련만 혼자 남은 초라한 자신이 이제는 한스럽기만 하다. 과연 누가 있어 자신의 죽음을 슬퍼 할지 막막하기만 하다. 제문을 쓰려고 보니 자신의 신세가 하도 처량하여 그만 넋두리를 하고 말았다. 쓰고 나니 또 신세가 한스러웠을 것이다. 백발이 성성한 노인은 그만 눈물을 흘리고 만다. 아무리 정승을 세 번이나 했어도 지금은 그저 자식 잃은 아픔을 간직한 아버지일 뿐이다.

에 살며 계절마다 양식이 떨어지는 곤궁한 생활 속에서 힘들게 낳은 자식을 제대로 먹일 수조차 없었다. 아마도 떠나보낸 자식들에게 해줄 수 있는 것은 마음을 듬뿍 담은 묘지명 정도였을지도 모른다. 때로는 마음으로 쓰고, 때로는 직접 새기기도 하면서 아홉 번의 편지를 썼을 것이다.

위의 묘지명은 정일당이 마흔세 살에 낳은 막내딸을 보내며 지은 것이다. 마흔이 넘은 나이에 아이를 낳는다는 것은 분명 죽음을 각오한 일이다.

노산은 젊었을 때와는 또 다른 위험이 산모에게 도사린다. 하지만 아이를 갖고 싶었던 그녀는 모든 위험을 감수하고 딸을 낳았다. 위로 여덟 명의 아이를 잃고 어렵게 얻은 딸이었으니 아이를 품에 안은 어미의 심정은 남달랐을 것이다. 어떻게든 잘 키워보리라 다짐하고 또 다짐했을 것이다. 먼저 하늘로 보낸 자식들 몫까지 보태 정성을 다해 보살피리라 혼신을 다했을 것이다.

하지만 노산으로 인해 젖이 잘 나오지 않았다. 그러자 그녀는 7일밖에 되지 않은 아이를 데리고 젖동냥을 나섰다. 제 자식 먹일 것도 부족하지만 사람들은 정일당의 기구한 사연을 알기에 십시일반 그녀를 도와주었다. 추울 때나 더울 때나 한결같이 그녀는 오로지 아이를 살리기 위해 먼 거리도 마다하지 않고 동냥을 다녔다. 이번엔 지금까지 겪었던 자식 잃는 아픔을 다시 반복하지 않기를 얼마나 기도하고 마음을 졸였을까.

젖동냥도 여의치 않을 때는 싸라기를 끓여 아이에게 먹이며 아무 탈이 없기를 바랐다. 하지만 가난한 살림에 제대로 된 음식이 있을 리 없었다. 게다가 흉년이 겹쳐 그마저도 먹이지 못해 발을 동동 굴러야 했다. 제대로 먹지를 못한 아이는 작은 병도 쉽게 물리칠 수 없는 지경이었다. 어미의 지극정성에도 불구하고 아이는 허무하게 세상을 떠나고 말았다. 태어난 지 채 1년도 안 된 상태였다.

자식은 부모의 기쁨이다. 부모는 자식을 얻음으로써 새로운 인연을 만들고 그들로부터 행복과 즐거움, 그리고 슬픔을 얻기도 한다. 정일당에겐 아이를 얻은 행복은 잠시 스쳐 지나는 바람일 뿐이었다. 하지만 그녀는 눈 깜짝할 새에 사라진 그 행복마저도 자신에게 선사했던 아이들에게 감사해했다.

> 계숙은 외모가 반듯하고 명석한 아이로, 태어난 지 서너 달이 지나서는 부모의 얼굴을 알아보았다. 울다가도 부모의 모습이 보이면 울음을 그치고, 다가가면 방글방글 웃어주던 아이였다.

짧은 시간이었지만 아이의 웃음을 가슴에 새길 수 있었다. 울다가도 부모를 보면 울음을 그치고 방긋방긋 웃어주었으니 그 모습이 얼마나 예쁘고 사랑스러웠을까. 정일당은 딸 계숙의 작은 아총兒塚을 만들면서도 혹시나 다른 사람들이 알아보지 못하고 훼손할까 걱정이 앞선다. 이에 밭을 갈던 소의 발에 무덤이 망가지지나 않을까 그녀는 딸아이의 안타까운 사연을 묘지명에 새겼다. 그리고 그 아이가 행복하기를 바랐을 것이다.

너를 볼 수 없다는 생각에 불행할 뿐이다

김윤식이 큰아들에게

세상이 늘 물 흐르듯이 자연스럽게만 흘러가는 것은 아니다. 시대도 격변을 맞이하듯 사람의 인생도 정해진 대로만 흘러가지 않는다. 늘 그 자리에 있을 것 같은 자식이 부모를 앞지르고 유명을 달리 할 수 있는 변칙이 존재한다.

구한말이라는 격변의 시대를 살았던 조선 말기의 학자 김윤식 1835~1922의 삶도 격변으로 술렁였다. 의지하며 살던 아들의 죽음으로 그의 삶이 송두리째 흔들린 것이다. 대쪽 같은 성품에 무뚝뚝하기만 했던 그가 아들의 죽음 앞에서는 모든 것을 내려놓을 정도로 무너지고 말았다. 돌이켜 생각해보면 다정하게 말 한마디 못해준 것이 그는 못내 후회스러웠다. 그렇기에 생각할수록 더욱 가슴에 사무치고 아픈 것이다. 아들을 향한 절절한 그리움을 늦게나마 고백하는 그의 심정은 참담했으리라.

너의 얼굴을 보지 못한 지 벌써 3년이 되었구나. 네가 세상을 떠나던 날, 마지막으로 너의 얼굴을 보며 결국 요행이 없다는 것을 알았지만 너의 마음이 상할까 두려워 아무 말도 할 수가 없었다. 너도 머지않았음을 느꼈으나 나의 마음이 아플까 두려워 차마 아무런 내색을 하지 못했었다.

부자간의 영원한 이별이 이렇게 아무런 인사도 없었으니 통탄할 일이 아니겠느냐. 너를 보낸 3년 동안 마음이 답답하지 않은 날이 없었다. 매번 글을 지어 곡을 하려 했지만 차마 글을 쓸 수가 없어서 붓을 던지고 탄식하기만을 반복했다.

사람들이 너를 칭찬하고 너의 능력을 인정하는 말을 여러 번 들었으나 나는 너에게 그런 말들을 한 적이 없다. 하지만 지금은 반포反哺의 지극한 사랑이 갑자기 끊어져 지독舐犢의 어리석은 정情을 모두 드러내니 내가 무슨 거리낄 것이 있어서 너의 좋은 점을 숨기겠느냐. 너와 더불어 평소에 나랏일을 근심하였지만 지금은 나랏일을 생각할 여지가 없고, 오로지 너를 볼 수 없다는 생각에 불행할 뿐이다.

『운양집 제13권』 '큰아들 유증의 제문' 일부

자식 된 도리로 아버지보다 먼저 간다는 인사를 차마 할 수 있겠는가. 아버지도 자신보다 먼저 가는 아들에게 인사를 못하는 것은 마찬가지다. 서로의 마음에 상처가 될까 그저 안타까운 마음으로 바라만 볼 뿐이다. 그렇게 마지막 인사조차 나누지 못하고 아들을 보냈지만, 떠난 지 3년이 지났는데도 그때의 아픔은 여전히 그대로 남아 있다.

아들에게 편지를 쓰려고 수없이 붓을 들었지만 떨리는 손은 여전하고 종이 위로 떨어지는 눈물방울도 멈추지 않는다. 어느 누가 시간이 약이라고 했던가. 부모에게 시간은 자식이 곁을 떠난 순간 멈춰버리고 만다. 그는 단단히 마음을 먹고 다시 아들에게 떨리는 손을 들어 편지를 쓴다. 그리고 그동안 내색하지 않았던 자식 사랑을 쏟아 놓는다. 얼마나 다른 사람들에게 자랑하고 싶었던 아들이었을까. 팔불출 소리를 들어도 좋으니 진작 아들 자랑을 하지 않은 것을 후회하는 마음뿐이다.

아들 유증이 태어났을 때 집안사람들의 기대는 무척 컸다. 모두들 김윤식의 아들을 보고 집안을 빛낼 대들보라고 칭찬을 아끼지 않았다. 그런 말을 들을 때마다 겉으로 표현하지는 않았지만 속으로는 얼마나 아들이 자랑스럽고 자부심이 컸을까. 하지만 김윤식은 속내와는 달리 그런 아들을 드러내어 칭찬한 적이 한 번도 없었다. 속으로만 흐뭇해할 뿐 겉으로는 전혀 내색이 없었을 뿐만 아니라 따뜻한 말조차 하지 않았다.

김윤식은 정국이 혼란스러웠던 구한말을 보낸 사람이다. 그는 갑신정변이 일어나자 중국에 구원을 요청해 창덕궁을 점거하고 있던 일본군을 공격하여 정변을 끝내기도 했다. 그리고 급진 개화파 세력에 대항하기 위해 임오군란으로 청나라에 끌려갔던 흥선대원군을 귀국시키기도 했다. 이렇게 나라의 굵직한 일들을 처리하다 보니 집안일은 아들에게 맡길 수밖에 없었다. 꼼꼼했던 아들은 아버지의 빈자리가 느껴지지 않을 만큼 완벽하게 일처리를 했다. 덕분에 김윤식은 마음 놓고 바깥일에 매진할 수 있었다.

하지만 그런 아들이 죽자, 그는 오로지 아버지로서만 존재감을 드러냈다. 항상 우선순위로 두었던 나랏일도 작은 일이 되어버렸고, 오로지 아들을 볼 수 없다는 사실에 절망했다. 모든 것을 내려놓고 돌아와 둘러보니 집안의 어디인들 아들의 손때가 묻지 않은 곳이 없었다. 가끔 책을 뒤적이며 아들의 필적을 볼 때마다 김윤식은 한참 동안을 멍하니 바라보다가 '우리 집에 이처럼 간고幹蠱한 자식이 있었는데, 지금은 어디에 있는가?'라고 혼자 중얼거렸다.

> 이번 제사에서 나의 속마음을 한번 토로하려 하는데, 네가 알아주겠느냐?

아들을 보낸 지 3년이 지나서야 겨우 아들과 마음의 대화를 시도하는 그 역시 자식 앞에서 한없이 작아지는 아버지였을 뿐이다.

정녕 나를 두고 간 것이냐

정경세가 아들에게

조선시대에는 부모가 세상을 떠나면 3년 동안 자식이 무덤 근처에 움집을 짓고 산소를 돌보던 시묘살이를 했다. 살아서 뿐만 아니라 죽어서도 부모를 공양하는 것이 자식 된 도리라고 여겨왔다. 그런데 부모보다 먼저 간 자식의 시묘살이라도 불사하겠다는 아버지가 있었다. 아들을 잃은 조선 중기의 문신 정경세1563~1633가 그랬다.

세상에서 가장 큰 불효는 바로 부모보다 먼저 죽는 것이라고 하지만 정경세는 먼저 자식에게 불효했다고 말할 수 없었다. 어쩔 수 없는 운명이었을 뿐인데도 마치 자신 때문에 자식을 보낸 것 같아 애간장이 끊어지는 고통 속에 자신을 두었다.

정녕 나를 두고 간 것이냐. 너는 태어나서 지금까지 단 하루도 효성이 지극하지 않은 적이 없었고 잠시라도 나의 곁을 떠나려고 한 적이 없었다. 그러니 지금 네가 나를 두고 하늘로 간 것이 어찌 너의 뜻이겠느냐. 이는 내가 제대로 너를 치료하지 못한 탓이다.

너를 잃고 난 이후로는 인간 세상에 대해서 아무런 미련이 없다. 오직 관직을 벗어 버리고 너의 관을 싣고 남쪽으로 돌아가, 무덤을 만들고 너의 어린 자식을 기르면서 여생을 보내고 싶을 뿐이다. 하지만 그마저도 허락되지 않으니 오장五臟을 칼로 쪼개는 것만 같고 심신心神은 아득하여 황망하기만 하구나.

『우복집 제16권』 '죽은 아들 검열檢閱 심杺에 대한 제문' 일부

정경세의 아들 정심鄭杺은 정9품 벼슬인 검열로 소명召命을 받아 한양으로 올라와야 하는 상황이었다. 당시 한양에는 전염병이 돌고 있었기 때문에 정경세는 아들이 오는 게 은근히 걱정되었다. 아들이 벼슬길에 오르는 것은 매우 기쁜 일이었지만, 혹시라도 전염병에 걸리지나 않을까 하는 부모의 마음이 앞선 것이다. 걱정스러운 마음에 "아들이 병이 들었다"고 고하고 한양으로 올라오지 못하게 하려고 했다.

허나 다시 생각해보니 이제부터 아들의 입신立身이 시작되는 것이었다. 어차피 지방에도 전염병이 돌고 있었기 때문에 피할 수 있

는 상황이 아니었다. 차라리 한양에 있게 되면 지방보다는 약이 많고 자신이 간호도 할 수 있겠다는 생각이 들었다. 그러나 한양에 올라온 아들은 결국 두역천연두에 걸리고 말았다. 당시 그의 나이 스물아홉이었다. 아버지는 아들을 위해 좋다는 약은 다 구하고자 동분서주했다. 그의 곁에서 간호를 하며 밤낮으로 치료에 온 힘을 쏟았다. 그러나 그런 보람도 없이 아들은 세상을 떠나고 말았다. 아들의 죽음도 받아들이기 힘든데 그의 마음을 더 안타깝게 한 것은 손자 소식이었다. 아들이 죽기 하루 전날 고향에 있던 며느리가 손주를 낳았다. 아들 정심은 득남 소식도 듣지 못하고 죽은 것이다.

허망하게 아들을 잃은 정경세는 아마 후회와 자책의 날을 보냈으리라. 한양에 올라오는 것을 끝까지 막았어야 했다고 자신을 원망했으리라. 입신에 눈이 멀어 생떼 같은 자식을 자신이 죽인 거라고 얼마나 고통스러워했을까. 그가 자신을 두고 떠난 아들에게 불효라고 말할 수 없는 이유일 게다.

그는 모든 관직을 버리고 고향으로 돌아가고자 했다. 아들의 무덤을 지키며 손자를 돌보면서 여생을 살고자 한 것이다. 그러나 그의 상소는 받아들여지지 않았다. 그는 아들의 죽음을 두고 "오장五臟을 칼로 쪼개는 것만 같고 심신心神은 아득하여 황망하다"라고 표현했다. 그만큼 자식의 죽음은 부모에게 고통스러운 일이며 영원히 아물지 않는 커다란 상처인 것이다.

참으로 나의 죄이다

조익이 아들 내양에게

"네가 살고 내가 죽어야 하거늘!"

아버지는 자식보다 오래 살아있는 것 자체를 하늘에 죄스럽게 느낀다. 자신이 너무 오래 살아서 자식을 먼저 보내는 것은 아닌가라는 생각으로 속을 태운다. 조선 중기의 성리학자 조익1579~1655이 그랬다.

아, 나의 아들아. 너는 지금 어디에 있는 것이냐. 어찌하여 나의 곁에 있지 않으며 나는 어찌하여 너의 얼굴을 볼 수 없는 것이냐. 왜 너의 목소리를 들을 수 없는 것이냐. 정녕 앞으로는 너의 얼굴을 볼 수 없고 목소리를 들을 수가 없다는 것이냐.

옛사람이 "물과 불의 화를 면치 못하게 하는 것은 부모의 죄이다"라고 하였는데, 이것은 참으로 나의 죄이다. 지금 생각해 보면 하나하나의 일마다 모두 간장이 찢어지는 것처럼 아프기만 하다. 심지어 너의 병이 날이 갈수록 위중해질 적에도 나는 의인醫人의 말만 무턱대고 믿고서 매일 차도가 있기만을 바라고 있었으니, 내가 이처럼 심히 어리석고 미혹될 줄이야 어찌 생각이나 하였겠느냐.

나는 평소에 그다지 어리석거나 어둡지 않다고 스스로 생각하였는데, 지금에 와서야 내가 얼마나 자기에 대해서 모르고 있는지를 알게 되었다. 나는 지금부터 감히 다시는 무엇을 안다고 말하지 않을 것이다.

『포저집 30권』 '아들 내양來陽에 대한 제문' 일부

부모는 자식을 낳은 이후부터 자식에게 일어나는 모든 일에 책임이 있다. 죽어가는 자식을 살릴 수만 있다면 무슨 일이라도 할 수 있는 것이 부모다. 그래서 때론 이성을 잃기도 한다. 어쩌면 이성이 제대로 잡혀 있는 게 이상할지도 모른다.

조익은 제문에서 의인醫人의 말만 무턱대고 믿고 매일 차도가 있기만을 바랐다고 한다. 의인은 해석하기에 따라 의원일 수도 있지만 무속인이나 흔히 말하는 민간요법을 하는 사람일 수도 있다. 그들의 말만 맹신하여 다른 방법을 생각하지 않았던 자신의 어리석음을 한탄하며 아들이 죽은 것은 자신의 죄라고 말한다.

그는 조선 중기의 문신으로 예조판서, 대사헌, 좌참찬, 우의정을 거쳐 좌의정에 이른 인물이다. 나름대로 사리판단을 할 줄 아는 그였지만, 아들의 생사 앞에서는 이성을 잃고 한 가지를 맹신하는 모습을 보였다. 뒤늦게 자신의 잘못을 깨달았을 때는 이미 아들이 죽은 후였으니 그 허망함이 이루 말할 수 없었을 것이다. "지금부터 감히 다시는 무엇을 안다고 말하지 않을 것이다"라는 말에서 그의 후회가 얼마나 깊은지 알 수 있다.

조익은 아들과 그리 멀리 떨어지지 않은 곳에 살았는데 아들이 병에 걸리자 자주 가서 살피곤 했다. 한번은 아버지는 아들 집으로 향하고, 아들은 아버지의 집으로 가다가 길에서 마주쳤다. 아버지는 아픈 아들이 움직이는 것이 못마땅했지만 아들은 걱정할 정도는 아니라고 큰소리쳤다. 하지만 그것은 아버지가 걱정할까 봐 병을 숨긴 것이었다.

아버지 조익은 다혈질에 성격이 급한 사람이었던 모양이다. 제문에서 그는 "아들 내양이 무슨 말을 하려고 하면 끝까지 듣지 못하고 화를 버럭 내며 더 이상 말을 하지 못하게 했다. 아들의 말을 차분히 듣고 그 가부를 결정해도 되는 것을 늘 듣지도 않고 물러가게 한 것을 후회한다"라고 했다.

> 노여움이 일어날 때에는 꾸짖음이 항상 도를 넘곤 하였으니, 이것이 나의 병이라고 할 것이다. 단지 일시적으로 화를 낸 것

일 뿐이지 미워하는 뜻에서 나온 것은 아니었는데, 그것이 평생의 한이 될 줄이야 어찌 알았겠느냐.

다행히 효성이 지극했던 아들은 그런 아버지의 억지에 가까운 혼냄도 묵묵하게 받아들이고 순종했다. 그것에 대해서 조익은 뼈아픈 후회를 했지만 이미 후회해도 소용없는 지경이었으니 아무리 자식이라도 해도 의견을 존중해주는 것은 꼭 필요한 일이다.

조익은 일흔여섯 살까지 살았다. 너무 오래 산 것일까. 그는 살아 있는 동안 아들 몽양과 내양, 그리고 현양을 잃었으며 딸과 사위, 며느리까지 죽는 것을 지켜봐야만 했다. 최악으로 잔인한 현실에 놓였던 사람이니 그 심정은 어떠했겠는가.

너와 다시 단란하게 지낼 수만 있다면

송상기가 아들에게

조선시대 아버지의 모습은 어땠을까? 아무래도 매우 엄한 모습을 떠올리기 쉬울 것이다. 그런데 그 시대의 아버지들이 반드시 엄한 모습만은 아니었다. 조선시대에는 아이가 예닐곱 살이 되면 아버지가 훈육을 맡았다. 비록 많은 말로 표현하지 않더라도 편지로 충분히 소통했다. 조선시대를 살았던 아버지들의 편지를 보면, 자식에게 사랑하는 마음을 솔직하게 표현하지 않을 것 같지만 꽤 자상하고 따뜻한 아버지들이라는 것을 알 수 있다.

저 세상으로 먼저 보낸 자식에게 쓴 제문에도 절절한 아버지의 사랑을 느낄 수 있다.

조선 숙종대를 대표할 수 있는 인물이며 학문과 문장에 뛰어났던 송상기1657~1723가 쓴 장문의 제문이 그렇다.

그가 서른여덟 살에 얻은 아들 호석의 첫 번째 기일에 쓴 제문을 보면, 그 시대 아버지들의 한 단면을 읽을 수 있다. 그가 아들을 생각하는 마음은 남달랐다. 호석이 태어난 한 달 후 당시 여섯 살이었던 호석의 형이 천연두로 세상을 떠났기 때문이다. 호석의 탄생으로 큰 아이를 잃은 슬픔을 위로받았을 것이며, 늦은 나이에 얻은 귀한 아들이니 얼마나 애틋했겠는가. 그런데 그런 아들을 또 잃어야 했다.

네가 죽은 후로 때때로 마루의 들창에 달빛이 푸르스름하게 비치고 등불이 휘영청 타오르면 네가 그곳에 앉아 있는 것만 같아 쳐다보게 된다. 글 읽는 너의 목소리가 들리는 것만 같아 가만히 귀를 기울이다가 문득 네가 죽은 지 오래되었다는 생각이 나기도 한다. 가끔은 나도 모르게 평상시처럼 너의 이름을 부르는 일이 종종 있는데 대답하는 목소리가 들리지 않아 흠칫 놀라 멈추곤 한다.

너의 죽음에 통곡을 한 이후로 비록 나의 몸은 살아 있지만 마음은 이미 너와 함께 죽은 것이다. 내가 죽어서 인간세상에서처럼 너를 나의 무릎에 누이고 머리를 쓰다듬으며 함께 살 수만 있다면 더 이상 바랄 게 없다. 만약 그렇지 않다면 천년 만년이 지나 나의 뼈가 모두 흙이 된다고 해도 이 응어리진 슬픔은 끝이 없을 것이다.

수려한 모습이 눈에 보이고 낭랑한 목소리가 아직도 귀에 들리는데 불러도 대답이 없고 애써 찾아보아도 보이지 않는구나. 때때로 꿈속에서 너를 보지만 눈을 뜨고 나면 눈물만 흘릴 뿐이다. 나의 소망은 오직 다음 세상에 다시 부모로 태어나 앞서 이야기한 것처럼 너와 단란하게 지내는 것뿐이다.

『옥오재집 제16권』 '죽은 아들을 제사하는 글' 일부

아들을 잃고 그리움에 사무쳐 빈껍데기로 살아가는 아버지의 모습이 절절하게 드러난다. 아들 호석이 두 돌이 되지 않은 상황에서 병에 걸려 죽을 위기에 처했다. 아마 천연두가 아니었나 싶다. 아버지는 백방으로 좋은 약을 구해 먹이며 뜬 눈으로 밤을 새워 간호에 전념했다. 그런 정성으로 다시 살아 난 호석을 두고 사람들은 죽었다가 다시 살아났으니 오래 살 것이라고 입을 모았다. 아버지도 이제 천연두에 면역이 생겼으니 죽는 일은 없을 것이라고 믿었다. 다행히 큰 병을 앓고 난 아들은 별 탈 없이 자라주어 송상기는 잠시 마음을 놓을 수 있었다.

그런데 다시 홍역이 창궐하여 죽는 사람이 끊이지 않게 되자 면역력이 없는 아들을 격리시켰다. 그렇게 아들과 떨어져 그리움과 두려움 속에서 몇 달을 보내고 다시 돌아온 아들이 얼마나 반가웠을까. 그 마음이 넘쳤는지 좋은 배필을 골라 장가를 보내려는 계획까지 세웠다. 하지만 결국 호석도 전염병을 피할 수 없었다. 아버

지의 애타는 마음과는 달리 무심하고 잔인한 홍역은 아들의 생명을 앗아가고 말았다.

> 너의 혼례 때 쓰려고 장만했던 물건들을 팔아 빈소를 차리고 염을 하였으니, 이 슬픔을 어찌 말로 표현할 수 있겠느냐.

아들을 장가 보내기 위해 없는 살림에 돈이 생길 때마다 하나하나 마련했을 것이다. 세간을 하나씩 장만할 때마다 아버지의 마음은 얼마나 뿌듯했을까. 호석이 장가를 가서 아들딸을 낳고 행복하게 사는 모습을 수도 없이 그려보았을 것이다. 하지만 그것들을 다시 팔아 장례비용으로 써야 했을 아버지의 심정이란 더 말하지 않아도 느껴진다.

홍역을 피해 머물렀던 집에는 호석의 손때가 묻은 붓과 벼루, 서적이 그대로 놓여 있다. 마당에는 그가 가꾸던 나무와 꽃들도 여전히 그 자리를 지키고 있다. 하지만 아버지는 차마 그곳을 다시 밟지 못한다는 말로 자신의 아픔을 드러낸다. 아들의 무덤을 옮기며 지은 제문에서는 오랜 시간이 흐른 뒤에도 슬픔이 골수에 사무쳐 지난 10년 동안 변함이 없다고 토로한다. 사람들과 대화를 하다가 호석의 이름이 나오면 귀를 막았는데 어느새 눈물을 줄줄 흘리고 만 그는 마음 따뜻한 평범한 아버지였다.

온전히 살길 바랄 뿐이었다

이식이 아들에게

옛사람들은 자식의 무병장수를 위해 다양한 방법으로 기원했다. 워낙 의술이 열악하던 때라 전염병이라도 돌면 면역력이 약한 아이들은 버텨내지 못하고 목숨을 잃는 일이 많았기 때문이다. 그래서 태어나는 순간부터 금기하는 것도 많았고, 백일이나 돌을 챙기는 것 역시 무병장수의 기원에서 나왔다고 볼 수 있다. 특히 귀한 자식일수록 흔하다 못해 조금은 천한 이름을 지어주어 무탈하기를 바랐다.

광해군과 인조 때의 문신인 이식1584~1647도 태어난 아이에게 농사를 지으며 살더라도 오래 살았으면 하는 마음을 담아 '노농老農'이라는 이름을 지어주었다. 노농은 '농사에 익숙한 나이 많은 농부'라고 해석할 수 있다. 때가 광해군이 집권하던 시절이고 여러 가지 상황으로 보아 어지러웠던 시절이었다. 자고 나면 누군가가 죽고 유배를 떠나는 현실이었다. 어쩌면 벼슬을 하는 것보다 오래도록 살아남는 것이 가장 큰 복일 수도 있던 시절이었다.

너는 임자년1612, 광해군4 3월 정미일에 태어났다. 내가 너의 이름을 노농老農이라고 지은 것은 당시의 시대 상황이 어지러웠으므로 네가 천하게 살더라도 온전하게 살길 바랐기 때문이었다.

하지만 너는 일찍부터 재주와 슬기가 남달라 네 살에 한자의 자획과 편방한문의 부수部首을 구분하였고 글을 보지 않고 외우면서 그 뜻을 설명하기도 했다. 아비인 나는 어려서부터 학문에 뜻을 두긴 하였으나 꾸준하게 공부를 하지 못하는 성격이었다. 하여 너를 산에 있는 별채로 데리고 가 내가 알고 있는 모든 것을 가르쳐 큰 재목을 만들려는 기대를 가졌다. 그런데 마침 역병이 돌았는데 너도 화를 당하여 요절夭絕하고 말았다.

아이에게는 하상下殤의 예禮도 적용할 수가 없었기 때문에, 그저 조그마한 널에다 넣어 백아곡 조고祖考의 묘소 옆에 장사 지내었다. 그리고 입다 남긴 옷가지를 상자 속에 넣어 기절忌節에 제사 지내게 되었는데, 그것도 부모가 죽고 나면 끝나게끔 되어 있다. 아, 이렇게 하는 것이 예禮란 말인가.

『택당집 제10권』 '묘지墓誌, 죽은 아이 노농의 광지명 병서' 일부

자식이 커가면서 재롱도 부리고 뜻하지 않게 재능을 발견하면 부모는 욕심이 생기게 마련이다. 이식 역시 아들이 천하게 살아도 오래만 살아달라고 이름까지 그렇게 지었지만, 아이가 남다르다는 생각이 들자 큰 재목으로 키우고 싶은 욕심을 냈다. 글자 하나를 가르치면 두 자를 아는 아이였으니 어찌 그대로 썩힐 수가 있었겠는가.

어찌 부모의 욕심이 아이를 잃게 만들었겠는가. 돌아보면 하나하나의 일이 부모 탓인 것만 같아 작명에 욕심 부린 것까지 떠올린 것이 아니겠는가. 건강만을 바랐다가 어느새 학문까지 잘하길 바라며 부린 욕심에 탈이 난 것은 아닐지 자책하는 것이 바로 부모의 마음이다.

이식은 자신을 꾸준하게 공부를 하지 못하는 성격이라고 말했지만 그는 당대의 이름난 학자로 한문 4대가의 한 사람으로 꼽힌다. 훗날『선조실록』의 수정을 맡기도 했다. 그런 사람이었으니 자식에 대한 욕심이 왜 없었겠는가.

그는 아이를 산에 있는 별채로 데려가 본격적으로 공부를 시키려고 마음먹는다. 그런데 그만 역병으로 어이없는 죽음을 맞이했으니 아비의 마음은 한스러울 뿐이었다. 노농이 세상을 산 것은 고작 7년이었다. 어쩌면 그저 이름대로 아무것도 가르치지 말고 농사나 지으며 살게 했어야 했다고 후회를 했을지도 모른다.

이식은 하상下殤의 예禮도 적용할 수가 없었기 때문이라고 말했다. 열아홉 살에서 열여섯 살까지의 죽음을 장상長殤이라 하고, 열다섯 살에서 열두 살까지를 중상中殤이라 한다. 열한 살에서 여덟 살까지를 하상下殤이라 하는데, 여덟 살 미만의 죽음에 대해서는 모두 상제나 복인이 입는 예복을 입지 않는다.

예법에 따라 노농은 여덟 살 전이었으므로 부모가 슬픔을 표현할 길이 없다. 그저 작은 관에 넣어 간단하게 묻을 수밖에 없다. 아무것도 해줄 수 없는 아비는 "이것이 예란 말인가!" 하고 통탄을 한다. 먼저 간 자식을 위해 예를 갖추고 싶어도 그것조차 허락이 되지 않는 현실에 더욱 가슴이 아픈 것이다.

2장

형제, 절반의 상실

할반지통割半之痛

퇴계 이황이 여덟 살 때 일이다. 둘째 형이 칼을 가지고 장난치다가 손을 베이고 말았다. 손가락에서는 피가 뚝뚝 떨어졌다. 다른 형제들은 안타까워하기만 했으나 이황은 이를 보고 통곡을 했다. 어머니가 그 모습을 보고 물었다.

"손을 베인 형은 울지 않는데 어찌하여 네가 우는 것이냐."

"저렇게 피가 나는데 어찌 아프지 않겠습니까?"

형제간의 사랑이 지극했던 이황은 형의 손가락을 보며 마치 자기 손가락이 칼에 베인 것처럼 고통을 느꼈던 것이다.

'할반割半'은 몸의 반을 가른다는 뜻이다. 한 몸에서 나온 형제는 나의 수족과 같은 존재이기 때문에 한 사람의 죽음은 살아 있는 사람도 몸의 절반을 베이는 것처럼 고통을 느낀다고 한다. 그래서 형제자매를 잃은 슬픔을 할반지통이라고 한다.

우리 나이를 덜어 너의 생명을 연장할 수 있다면

김창협이 누이에게

조선 후기에 들어서면서 명망이 높아진 집안이 있다. 바로 김창협의 집안이다. 안동 김씨 가문으로 병자호란 때 끝까지 맞서 싸울 것을 주장해 절개와 지조의 상징이 되었던 김상헌이 증조할아버지이고, 숙종 때 영의정을 지낸 김수항이 아버지이고, 노론 4대신 중 한 명인 김창집이 그의 형이다. 아버지 김수항과 형 김창집이 기사환국으로 유배를 가 사사되면서 집안은 평탄하지 못한 상황이었다. 그래서 김창협의 형제는 다른 집안과 달리 서로 돈독해질 수밖에 없었다.

그러니 고명딸이었던 누이가 오빠들의 사랑을 받고 성장한 것은 당연했을 터이다. 그토록 애지중지하던 누이가 열여섯 살에 시집을 갔다. 그것만으로도 아쉬움이 컸을 텐데 아기를 낳은 후 산고를 겪다가 짧은 생을 마감하고 만 것이다. 오빠들에겐 청천벽력이 따로 없었을 것이다. 낳은 아이도 어미가 죽은 지 6일 만에 죽었다. 누이는 7남매 중에서는 여섯째이고 둘째인 김창협과는 열네 살 차이가 났다. 이 제문을 지을 당시 김창협은 서른한 살이었다.

네가 죽은 지 벌써 석 달이 흘렀구나. 처음에는 아득하고 어리둥절하여 네가 죽었다는 사실을 깨닫지 못했다. 하지만 염을 하고 관 뚜껑을 덮은 후 다음 달이 가고 계절이 바뀌면서 점점 막막하던 마음이 누그러지더구나. 그런데 아직도 자나 깨나 항상 네가 살아 있는 것만 같고 집 안에서는 너의 모습이 눈에 보일 것만 같구나. 두리번거려도 보이지 않고 찾아봐도 보이지 않는 상황인데도 기다리고 있으면 다시 네가 살아서 돌아올 것만 같았다.

우리 일곱 형제 중에서 너는 여섯째로, 나보다 14년 뒤에 태어났으니 지금 너의 수명은 겨우 나의 절반밖에 되지 않는다. 옛말에 "세 살을 덜어 주었다"는 황당한 말이 있기는 하나 자신이 백 번 죽어서라도 죽음을 대신하고 싶었던 것이 또한 옛사람들의 소원이었다.

만약 우리 여섯 형제가 각기 자신의 나이를 덜어내어 너의 목숨을 연장할 수 있다면 어찌 털끝만큼이라도 아까워하겠느냐. 나는 늘 너를 위해 큰 소리로 글을 읽어 주곤 했는데 이렇게 제문을 읽어주고 있으니 이 무슨 일이란 말이냐.

『농암집 제29권』 '죽은 누이에 대한 제문' 일부

누이가 아프다는 소식을 듣고 김창협 형제들은 부랴부랴 포천과 철원 등지에서 말을 달려 찾아갔다. 하지만 그들이 도착했을 때는 이미 모든 것이 끝나 있었다. 고통 속에서 오라비들을 애타게 찾다가 죽었다는 말만 전해 들었으니 그들의 가슴은 찢어지고도 남았을 것이다.

문을 들어서서 부르짖노라니 몸을 주체할 수가 없었고, 당 위로 올라가 울부짖노라니 오장육부가 다 찢어졌다. 그 누가 수십 리 거리에서 7~8일 동안 못 보는 사이에 영원한 결별을 하게 되리라고 생각이나 했겠는가.

누이의 죽음 앞에서 사람들의 시선도 개의치 않고 울부짖는 김창협의 심정이 어떠했는지 짐작이 가는 대목이다. 만삭인 동생과 아이를 낳고 다시 보자며 손을 흔들고 헤어진 게 불과 7~8일 전이었다. 그때만 하더라도 건강하게 아이를 낳고 다시 만날 줄 알았다. 맑은 하늘에 날벼락 같은 상황에 김창협은 기가 막힐 뿐이었다.

"세 살을 덜어 주었다"는 황당한 옛말이란, 주 무왕周武王이 옥황

상제한테 치아 9개를 받는 꿈을 꾸었는데 문왕文王이 "나는 수명이 백 살인데 너는 아흔 살이로구나. 내 너에게 세 살을 덜어 주겠다"라고 했다. 뒤에 과연 문왕은 아흔일곱 살, 무왕은 아흔세 살까지 살았다는 이야기다.

그처럼 형제들도 그럴 수만 있다면 그 황당한 말이라도 믿고 싶었는지 모른다. 자신들의 나이를 덜어 누이를 살리고 싶어 했던 오빠들처럼 누이도 그 마음을 알고 있었던 것일까. 병이 깊어 누워 있는 동안 누이는 오빠들을 애타게 찾았다. 어쩌면 오라비들이 곁에 있으면 자신이 살아날지도 모른다는 믿음이 있었을까. 아니면 죽음을 직감하고 자신을 사랑해주던 그들을 마지막으로 눈에 담고 싶었던 것일까. 불운이 감쌌던 당시 집안 상황은 그들의 누이에게도 영향을 끼쳤다. 산속에서 은둔을 하거나 벼슬로 인해 모두 흩어져 살고 있던 오빠들이 소식을 듣고 달려왔을 때는 이미 누이는 눈을 감은 뒤였다.

> 새벽과 밤이 되면 모든 형제가 부모님께 문안을 드리는데 이제 너는 함께하지 못하는구나. 부모님을 모시고 밥을 먹을 때도 형제들과 함께할 수가 없으니 어찌하여 나의 반쪽을 잘라냈단 말인가.

한 부모에서 나와 한 핏줄로 이어졌으니 형제의 부재는 반쪽이 잘려나간 고통일 수밖에 없을 것이다.

누이가 죽은 지 5년 후, 김창협은 누이의 무덤을 이장하기 위해 관을 꺼냈다. 처음 그 자리에 누이의 묘를 만들 때 그는 무덤자리가 마음에 들지 않았지만 누이가 남편의 곁에 묻히고 싶어 했기에 하는 수가 없었다. 그런데 시댁에서 아들의 무덤을 옮기면서 며느리인 누이의 무덤은 그대로 둔 것이었다.

김창협은 누이의 무덤을 다시 남편 옆으로 옮기기로 마음을 먹었다. 처음부터 마음에 들지 않았던 자리였고 남편도 없이 홀로 있을 누이가 너무 측은하였던 것이다. 그래서 다시 누이를 남편 옆으로 옮겨주고 싶었다. 누이의 무덤을 열어 관을 꺼내던 날은 오라비의 슬픔을 아는지 비가 억수로 내렸다. 그러나 질척거리는 진흙길을 관을 메고 김창협은 묵묵히 산을 넘고 물을 건넜다. 늦은 밤이 되어서야 그는 누이의 관을 잠시 친정에 내려놓았다. 집에서 기다리고 있는 부모님께 마지막 인사를 시키기 위해서였다.

이는 김창협이 얼마나 누이를 아꼈는지 그 마음을 느낄 수가 있는 부분이다. 김창협의 귓전에 집에 들어오면서 '다녀왔습니다!' 하던 낭랑한 누이의 목소리가 들려오는 듯했다. 하지만 아무 소리도 들리지 않는다. 다시 문을 나서면서도 '다녀오겠습니다' 하던 인사도 들을 수 없다. 눈을 감았다 뜨면 웃는 모습이 눈앞에 보일 것만 같아 가슴이 더욱 미어질 뿐이다.

누님의 고운 눈썹만 같은 새벽달

박지원이 누님에게

영국에 셰익스피어가 있다면 조선에는 연암 박지원1737~1805이 있다고 할 정도로 그는 뛰어난 문장가였다. 그런 그도 자신의 누님 앞에서는 마치 어리광을 부릴 것 같은 평범한 남동생일 뿐이었다. 여덟 살 차이가 나는 누님은 그에게 있어 어머니와 같은 존재였는지도 모른다. 일찍 부모를 잃은 그였기에 누님의 부고를 들었으니 그 심정이 오죽했겠는가.

평소에도 자유롭고 사실적인 글쓰기를 좋아한 연암이었다. “문장은 사의寫意에 그쳐야지 망상이나 가식이 스며들어서는 안 된다”는 그의 신념은 누님의 묘지명을 쓰면서도 그대로 드러난다. 자신이 누님에게 할 수 있는 일이란 게 누님을 잊지 않도록 자신만의 글쓰기로 묘지명을 쓰는 일이었다.

마흔세 살에 요절한 누님, 연암이 가장 아꼈다는 죽은 누님을 위해 쓴 '큰누님 박씨 묘지명'은 누님에 대한 회상 장면을 넣은 새로운 형식의 묘지명이었다.

누님이 시집을 가기 위해 새벽에 단장을 하던 날이 어제 일처럼 떠오른다. 나는 그때 막 여덟 살이었는데 누님 앞에 누워서 마치 말이 땅에 누워 비비듯이 장난스럽게 신랑의 말투를 흉내 내며 어른처럼 말을 했다. 그러자 누님은 그만 부끄러워 내 이마에 빗을 떨어뜨리고 말았다. 나는 화를 내고 울면서 먹물을 분가루에 섞어버리고 거울에 침을 뱉었다. 그러나 누님은 나를 달래기 위해 오리모양을 한 옥비녀와 벌 모양의 장신구를 주었는데 그로부터 스물여덟 해가 지나고 말았다.

강가에 말을 세우고 멀리 사라지는 누님의 관을 실은 배를 바라보니 붉은 명정은 펄럭거리고 돛 그림자는 강물 위에 너울거린다. 끝내는 산기슭을 돌아 사라지고 나무에 가려 더 이상 보이지 않게 되었다. 강가 먼 산들의 검푸른 모양이 누님의 쪽진 머리모양과 닮았고, 강물의 빛은 누님이 보던 거울 같고, 새벽달은 누님의 고운 눈썹만 같았다.

『연암집 2권』 '맏누님 증贈 정부인貞夫人 박씨 묘지명' 일부

묘지명이라 하면 죽은 사람의 인적사항과 태어나고 죽은 날, 생

전의 일들과 칭찬 등을 순서대로 적는 것이 전형적인 형식이다. 하지만 연암은 먼저 누님의 일화를 적고 나중에 경력을 썼다. 그것도 누님을 소개하는 글은 겨우 몇 줄에 불과하다. 연암은 새벽녘 그 배를 배웅하고 돌아가다 강가에 말을 멈춰 세우고 시야에서 사라질 때까지 조각배를 바라보며 누님과의 추억을 떠올린다.

떠나는 이 정녕코 다시 오마 기약해도
보내는 이 눈물로 옷깃을 적시거늘
조각배 이제 떠나가면 어느 때 돌아올까
보내는 자 쓸쓸히 강가에서 돌아서네

일반적인 형식의 묘지명은 산문으로 그 행적을 기록한 '지'와 운문으로 고인을 기리는 '명'이 있다. 연암은 묘지명 마지막 부분에 시를 넣어 자신의 애통한 마음을 담았다. 하지만 시에는 다른 글들과는 달리 슬프다는 말이나 애통하다는 등의 말이 없다. 그럼에도 불구하고 오히려 읽는 이의 마음을 더 슬픔으로 채우고 있다.

배에 실은 것은 누님의 관과 살림이라고는 솥과 자질구레한 물건 상자가 전부다. 그것만 보더라도 누님이 얼마나 궁색하게 살았는지 짐작하고도 남음이 있다. 박지원은 누님의 상여와 함께 두포斗浦에서 배를 타고 떠나는 매형과 조카들의 모습을 바라보며 통곡 속에 어린 시절을 회상한다. 그건 누님의 죽음 때문이라기보다도 사랑하는 존재가 차츰 멀어져 사라지는 것을 자기도 모르게 체험하기 때문이다.

누님이 시집을 가던 날 떼를 쓰며 울던 일이 떠오르고, 그것을 달래던 누님의 모습이 어제 일처럼 생생하다. 먹물을 분가루에 섞어버리고 거울에 침을 뱉는 철없는 어린 동생의 행동을 나무라기보다는 달래기에 급급했던 누님의 마음이 곱기만 하다. 그때의 철없던 행동을 생각하니 다시 눈물이 흐르고 만다.

어렸을 적 일은 또렷할 뿐더러 또한 즐거움도 많았고 세월도 더디더니, 중년에 들어서는 꿈속처럼 훌쩍 지나갔으니 남매가 되어 지냈던 날들은 또 어찌 그리도 촉박했던고!

멀어져가는 누님의 상여를 바라보자니 보이는 모든 산천이 누님의 모습을 닮아 있다. 생각해보니 같이 지냈던 시간이 너무도 짧아 한스럽기만 하다. 누님이 시집가던 해에 연암의 나이 여덟 살이요, 누님의 나이가 열여섯 살이었으니 그에게 누님은 어머니와 같은 존재였을 것이다. 그러니 몸의 절반이 떨어져나가는 것 같은 고통은 더하지 않았을까.

혼자 남겨진 나는 어쩌란 말이냐

윤증이 동생에게

터울이 많지 않은 형제는 어릴 때라면 자주 싸우기도 하겠지만 나이가 들면 친구처럼 지낼 수 있다. 더욱이 한 핏줄이니 더 허물없이 지낼 수 있지 않겠는가. 세상 어디에서 같은 부모를 가진, 나와 닮은 사람을 볼 수 있겠는가. 내가 누군가와 다투면 무조건 나의 편이 되어 주는 사람, 부모 다음으로 나를 잘 아는 사람, 언제든지 내가 마음을 터놓고 이야기를 할 수 있는, 나와 같은 공감대를 가진 사람이 바로 형제가 아니겠는가.

숙종 때 학자이자 사림의 거두로 서인이 노론과 소론으로 분리될 때 소론의 영수로 추대되어 송시열과 대립하였던 윤증1629~1714은 어떤 면에서는 엄청난 위치에 있었음에도 불구하고 단 한 번도 벼슬에 나가지 않았다. 그런 인물이기에 자신의 속을 다 보일 수 있는 벗이 필요했다. 그리고 그런 벗이 되어준 이가 바로 동생이었다. 산림에 은거한 그의 말벗이 되어주었고, 잘못된 부분에 대해서는 진실하게 말해주는 유일한 사람이었다. 그랬던 동생이 세상을 떠난 것이다.

부모님을 잃은 슬픔과 고통을 안고 그나마 형제간에 서로 목숨처럼 의지하면서 지내는 것이 살아가는 유일한 행복이었다. 그런데 누이가 세상을 떠나 누산에서 곡을 함께했던 그대마저 나를 버리고 떠나는구나. 어찌하여 나만 홀로 이 세상에 남아 있단 말인가.

병이 들었을 때 나는 하루 종일 옆에서 그대를 지켜보았는데 안색이 편안해 보여서 내심 안심을 하였다. 하여 그날 저녁에 그렇게 홀연히 세상을 떠날 것이라고는 전혀 생각지 못했구나. 평소에 하던 말대로 훌쩍 떠났지만 혼자 남겨진 나는 어쩌란 말이냐.

우리는 집안에서 보면 형제간이지만 밖에서 보면 친구 같은 사이였으니 그대와 같은 사람을 어디서 다시 만날 수 있겠는가. 이제부터는 마치 눈이 안 보이는 이가 도와주는 사람 없이 길을 가는 것과 같고, 한 팔을 잃은 것과 같은 일이 되어버렸으니 영원한 이별이 애통하다마는 이것이 내가 더욱 슬픈 이유다.

『명재유고 34권』 '동생 장령에게 제사 지낼 때의 제문' 일부

부모가 떠나고 누이가 떠났을 때 함께 슬픔을 나누던 동생마저 윤증의 곁을 떠났다. 세상에 홀로 남은 슬픔을 고스란히 감당하면서 의지가 되었던 동생을 그리워한다. 서인이 소론과 노론으로 나뉘는 백척간두의 한 끝에 있었던 윤증에게 동생은 어떤 존재였을까?

윤증은 동생에게 도움을 받은 적이 많았던 모양이다. 그렇다고 매번 동생의 말을 경청했던 것도 아닌 듯하다. 그래서 나중에는 동생의 말을 듣지 않은 것을 뒤늦게 후회하곤 했다. 특히 집안의 대소사에 관해서는 동생에게 제일 먼저 상의한 것을 보면 동생에게 많이 의지를 했다는 것을 알 수 있다.

윤증은 자신이 윗사람이라는 생각에 동생의 충고를 받아들이지 않기도 했지만, 대부분 동생의 의견을 겸허하게 받아들였다. 형으로서 꽉 막힌 인물은 아니었다.

> 그대는 내 용모와 말투 같은 작은 것에 대해서도 늘 점검해주고 다듬어주었는데, 늘 볼 때마다 늙은 뒤에 공부를 더욱 게을리해서는 안 된다고 하면서 나에게 경책하는 말을 끊임없이 해주었다.

두 사람은 역할이 뒤바뀐 듯 허물이 없었다. 그렇게 동생의 살뜰한 보살핌을 받다가 동생이 죽자 윤증은 망연자실할 수밖에 없었다. 그는 너무 그리운 나머지 꿈에서 동생을 만난다. 반가운 마음에 손을 마주 잡고 "죽은 사람이 어떻게 일어났는가?" 하고 묻지만 동생은 아무런 대답이 없다. 눈을 떠보니 꿈이어서 윤증은 안타까운 마음뿐이다.

형제는 평소에 매일 아침마다 반드시 소식을 보내 밤새 편안하였는지를 서로 알아보았다고 한다. 동생이 죽고 나서도 한동안 아침이면 동생의 편지를 기다렸을 것이다. 또한 동생이 받지 못하는 편지를 매일 쓰지 않았을까 싶다. 그때마다 하늘에 있는 동생 생각이 더욱 간절했으리라.

어머니가 자식을 보살피듯이

정구가 누님에게

어머니란 존재는 무엇과도 바꿀 수 없을 만큼 소중하다. 그런 어머니의 부재를 누가 메울 수 있겠는가. 그나마 가족 중 어머니를 느낄 수 있게 하는 사람은 언니나 누님이 될 것이다.

한문학의 대가로 조선 중기 4대 문장가로 알려진 이정구1564~1635는 태어나자마자 어머니가 돌아가시는 바람에 누님들의 돌봄으로 성장하게 되었다. 그에게 있어 누님들은 어머니와 같은 존재들이었다. 그 중에서도 맏이 누님은 나이 차이도 있고, 누구보다 자상하게 대해줘 더욱 어머니처럼 느꼈다.

> 못나고 어리석은 아우가 태어나자마자 어머님이 병으로 돌아가셨습니다. 그때 저는 태어난 지 몇 달 되지 않았었기 때문

있는 가슴 따뜻한 집안 분위기가 명문가를 만드는 데 일조하지 않았을까 싶다.

차마 옥 같은 너를 어찌 묻을 수 있단 말인가

이덕무가 누이에게

형제자매의 사이가 돈독한 것은 그들만의 공감대를 형성하고 있기 때문이 아닐까. 같은 부모에게 태어났고, 같은 집에서 한솥밥을 먹고 성장했기 때문에 서로에 대해 잘 알고 이해하는 마음이 있으니 말이다. 더군다나 처지가 좋지 않은 상황에 함께 처해 있다면 더 그렇지 않겠는가. 허균의 『홍길동전』에서 길동은 서자로 태어나 아버지를 아버지라 부르지 못한다. 바로 서자 출신이라는 아픔을 지닌 형제라면 그 아픈 공감대로 서로를 의지했을 것이다.

조선 후기 실학자 이덕무1741~1793는 서자 출신이었다. 그의 4남매도 그와 처지가 다르지 않았는데 4남매는 사이가 좋았다. 그가 쓴 누이의 제문을 보면, 누이가 아장아장 걷던 때의 모습, 같이 책을 읽으며 이야기를 나누던 모습, 오랜만에 돌아온 아버지의 소매를 잡고 놓지 않던 모습, 그리고 오라버니와 함께 술잔을 기울이던 모습들을 잔잔하게 떠올린다. 그리고 각자 어머니의 모습을 닮은 형제들이 모여 서로를 위안으로 삼았는데 그 중의 한 모습을 컴컴한 흙속에 묻어야 했으니 그 슬픔을 어찌 말로 표현할 수 있을까.

우리 4남매가 각각 한 가지씩 돌아가신 어머니를 닮았는데 너는 늘씬한 키가 닮았고 나는 이마를 닮았으며, 네 동생은 말씨를 닮았고 막내 공무는 머릿결을 닮았다. 그래서 가끔 각자 서로를 보며 어머니를 잃은 슬픔을 위로하곤 했다.

그런데 이제는 늘씬한 모습을 볼 수 없으니 그 슬픔을 견디기 어렵구나. 늘 너의 집에 가면 반가이 맞으면서 바느질을 해서 모은 돈으로 종을 시켜 술을 받아 와 웃으면서 술상을 내오곤 했다. 내가 다른 그릇에 술을 조금 따라 주면 그 술을 받아 마시곤 했는데 이제는 백번을 가더라도 보이는 모든 것이 슬픔을 더 하는 것뿐이다.

평소에는 남들이 형제가 몇이냐고 물으면 아무개 아무개 해서 넷이라고 말하곤 했는데 이제부터는 남들이 물어도 넷이라고 말할 수가 없구나. 네 몸이 굳어버리니 뼈와 살을 긁어내는 것처럼 아프다. 컴컴한 흙구덩이에 차마 옥 같은 너를 어찌 묻을 수 있단 말인가.

『청장관전서 간본 아정유고 제5권』 '누이동생 서처徐妻에게 고하는 제문' 일부

누이는 열여덟 살에 서자徐子에게 시집을 갔는데 그 이듬해에는 어머니가 돌아가셨다. 어머니의 모습이 그리울 때면 네 사람이 모여서 서로의 모습에서 어머니를 닮은 구석을 찾아내 마음을 달래곤 했다. 넷이 모이면 오롯하게 어머니의 모습이 만들어지니 한 사람이라도 빠지면 그 모습을 볼 수가 없는 것이다.

이덕무는 동생들이 보고 싶을 때면 언제든 달려가곤 했다. 어느 해 누이가 굶주리고 있다는 것을 눈치 채고 가슴아파했다. 물론 누이는 애써 태연한 척했지만 얼굴은 수척하고 기침 소리가 요란했다. 가래가 어깨뼈와 등뼈를 파고들 지경이라고 했다. 집으로 데려와 약을 먹여 차도가 보였지만 시아버지가 죽었다는 소식에 누이는 할 수 없이 돌아가야 했다. 하지만 다시 악화되어 집으로 데려왔는데 자리에 누워 피를 토하고 기침을 하면서 병은 점점 깊어갔다.

누이의 죽음으로 누이를 볼 수 없다는 것도 안타깝지만, 누이에게서 더 이상 어머니를 닮은 모습을 볼 수 없다는 것 또한 슬픈 일이다. 누가 형제가 몇이냐고 물으면 이제는 더 이상 넷이라고 대답할 수 없으니 이 또한 가슴이 미어진다. 그때마다 곁에 없는 누이가 떠오를 것이며 그럴 때마다 허전함에 마음이 아파 올 것이다. 그게 바로 형제의 깊은 정이다. 옥처럼 맑고 예쁜 누이를 차갑고 어두운 흙속에 묻어야 하는 이덕무의 아픔이 절절하게 다가온다.

그 누가 우리 형제만큼 정이 깊을까

정조가 동생 진에게

조선 왕실에는 유난히 불화를 겪었던 부자 사이가 많다. 태조와 태종, 선조와 광해군, 인조와 소현세자, 대원군과 고종 등이 그렇다. 그중 빼놓을 수 없는 부자지간이 영조와 사도세자이다. 결국 영조가 아들 사도세자를 죽음으로 내몬 꼴이 되고 말았는데, 그런 사도세자의 자식들의 사이는 어땠을까?

사도세자하면 바로 정조1752~1800를 떠올릴 수 있는데, 그에게는 정조뿐 아니라 다른 자식도 있었다. 사도세자는 경의왕후 혜경궁 홍씨와의 사이에서 의소1750~1752와 후에 정조가 되는 이산을 낳았다. 그리고 숙빈 임씨와의 사이에서 은언군1754~1801과 은신군1755~1771을 낳고 경빈 박씨와의 사이에서 은전군1759~1778을 낳았다. 딸도 있지만 아들만 따지자면 이렇게 다섯을 얻었다. 이 중에서 장남 의소는 태어난 지 18개월 만에 죽고 말았기 때문에 기록이 거의 없다.

불행하게도 왕이 되지 못하는 왕자들은 임금의 자리를 넘보는 존재로 낙인 찍혀 경계의 대상이 되곤 했다. 하지만 그들도 어린 시절에는 그저 서로 어울려 놀며 장난을 치던 일반 형제들과 다를 바가 없었다. 정쟁의 소용돌이 속에서 어쩔 수 없이 서로에게 칼을 겨누어야 하는 존재로 바뀌기 전까지 그들에게도 행복한 순간은 존재했다. 그리고 불행한 아버지의 자식이라는 공감대가 있어서 그런지 정조는 유배지에서 죽음을 맞이한 동생 은신군을 매우 안타까워했다.

사람이라면 누구인들 형제가 없을까마는 그 누가 우리 형제만큼 정이 깊을까. 서로 따르면서 즐거움과 어려움을 함께했는데 아침저녁으로 같이 지내면서 하루도 떨어져 지내 본 적이 없었다. 임오년 이후로 아버지 사도세자를 여읜 우리 어린 형제들이 생명의 위협을 느꼈으나 임금 영조의 은혜로 4형제가 의지하며 살게 되었다. 서로의 그림자처럼 따르는 것이 다른 사람들의 형제지간보다 더욱 컸다.

슬프고 애통한 것은 기러기 두 마리가 남쪽으로 날아갔다가 나란히 돌아오지 못하고 이승과 저승으로 갈렸으니 더 이상 서로 의지할 수가 없게 되었다. 웃으며 말하던 낭랑한 목소리는 항상 내 귓가에 또렷하게 남아 있고 온화하던 그 모습은 내 눈에 아직도 선하다. 하여 잠을 잘 때도, 밥을 먹을 때도 너를 생각하며, 시도 때도 없이 너를 생각하지 않은 적이 없으니 하늘과 땅 사이에 이 아픔은 끝이 없다.

붉은 명정이 당도했을 때는 먼 곳도 아니었으나 달려가 관을 어루만지며 통곡을 하지도 못했고 묘지를 정해 장사를 지낼 날짜를 잡았으나 상여를 잡고 기약 없는 이별의 말도 하지 못했으니 이것은 형제의 도리가 아니구나.

『홍재전서 제4권』 '춘저록4 제문, 진禛을 제祭하는 글' 일부

어린 시절의 정조는 궁 안에서 형제들과 언제나 붙어 다니며 장난을 치며 놀았다. 특히 은언군·은신군과는 하루도 떨어진 적이 없었다. 비록 세손과 후궁에게서 낳은 군 왕자라는 엄격한 신분의 차이가 있었지만 그런 게 문제가 되지 않았다. 하지만 사도세자의 죽음으로 그들의 길이 달라졌다. 은언군 이인과 은신군 이진은 궁 밖에서 살게 되었는데 그때 정조의 상실감은 무척 컸던 모양이다.

은언군과 은신군은 궁 밖에서 살면서 경제적 어려움을 겪었다. 시전市廛상인들에게 수백 냥의 빚을 지고 갚지 않은 것이 빌미가 되어 직산현稷山縣으로 유배되었다가 다시 제주도 대정현大靜縣으로 가게 되었다. 실상은 정조를 보호하기 위한 영조의 조치였을 터였다. 유배를 간 해에 은신군이 제주도의 풍토병으로 죽고 말았는데

그때 나이가 열일곱 살이었다. 남쪽으로 날아갔던 두 마리의 기러기는 은신군과 은언군을 말하는 것이다.

그렇게 먼 제주도로 간 형제를 애타게 그리워하다가 갑자기 죽었다는 소식을 듣게 되었으니 믿고 싶지 않았을 것이다. 왕자의 신분으로 달려가 관을 붙들고 울 수도 없고 마지막 인사를 건넬 수도 없었으니 그때만큼은 자신의 신분이 원망스러웠을지도 모른다. 먼 발치에서 붉은 명정을 바라보는 것으로 위안을 삼아야 했던 정조의 가슴은 미어질 수밖에 없었다.

정조는 은신군의 신도비문을 친필로 써서 추모하는 애틋한 마음을 나타내기도 했다. 그리고 임금의 자리에 오른 후에는 은신군의 무덤자리가 안 좋다는 이유로 다른 곳으로 옮기라는 명을 내리기도 했다.

자리 잡은 장지葬地가 매우 낮고 누추하다고 하여 이를 생각할 때마다 목에 가시가 걸린 것처럼 하루라도 마음속에서 잊은 적이 없다. 땅이 좋고 나쁜 것은 자연조건에 속한다 하더라도 장례를 엉성하게 하여 예의를 갖추지 못하였으니 더욱 마음이 아프다.

봄이 되거든 다시 산을 골라 이장移葬해야 할 것이다. 고故 은신군의 묘를 다른 곳으로 옮길 때 예장禮葬 등은 전례에 구애받지 말고, 또 왕손王孫의 예를 쓰지 말고 당저當宁:지금의 임금 동기

同氣의 장례에 의거하여 거행하라.

'은신군恩信君의 장례葬禮에 대하여 신칙하는 하교'

정조는 은신군의 죽음이 슬프기도 했지만 한편으로는 미안한 마음도 있었다. 어쨌든 자신을 보호한다는 명분으로 동생들이 궁을 떠나야 했으니 말이다. 세자의 신분이었을 때는 죽은 은신군에게 아무것도 해줄 수가 없었다. 하지만 임금이 되자 정조는 동생의 무덤자리가 늘 마음에 걸렸던지라 명령을 내린다. 지금보다 더 좋은 자리를 골라 편안하게 해주고 싶은 마음이 간절했던 것이다. 다른 것에 구애받지 말고 왕손의 예가 아닌 임금의 형제로 대우하여 다시 장례를 치루라고 할 정도니, 동생을 생각하는 마음이 얼마나 깊은지 알 수 있는 대목이다. 형제간의 우애는 누구보다 좋았을지 몰라도 운명은 그들 형제에게는 너무 가혹하게 다가왔다고 볼 수 있다.

다음에도 형제로 태어나고 싶구나

이언적이 동생 자용에게

자신이 가장 힘든 순간에 어려운 일을 도와주는 사람이 있다면 그 사람에게 미안하고 고마운 마음이 들 것이다. 그 대상이 친구이거나 형제이거나 상관없이 말이다. 힘든 세상살이를 함께 헤쳐 갈 사람이 있다는 것만으로도 위로가 되지 않겠는가.

조선 중기 중종 때의 문신인 이언적1491~1553은 퇴계 이황이 그의 주리설主理說을 계승할 정도로 성리학 정립에 선구적인 역할을 한 유학자였다. 그는 명종 때에 '양재역 벽서사건'에 억울하게 연루되어 평안도의 강계로 유배를 가게 되었다.

그에게는 성리학과 경전에 밝았던 동생 이언괄1494~1553이 있었다. 이언괄은 형이 윤원형 일파의 무고로 귀양을 가자 그를 규탄하는 상소를 올리기도 했다. 그뿐만 아니라 이언적이 유배지에 있는 동안 병든 노모와 식솔들을 보살폈다. 그런 동생이 있었기에 이언적은 무거운 발걸음을 옮길 수 있었다. 그가 유배를 가 있는 동안 동생은 매일 맑은 물을 떠 놓고 향을 피우며 하루빨리 형이 돌아오기를 기원할 정도로 우애가 좋았다.

이언적이 유배지에 있을 때 노모가 세상을 떠나자, 장례와 3년의 시묘살이를 형 대신에 자신이 다 수행했다. 그러는 동안 이언괄은 건강이 매우 나빠졌다. 그런데 그런 몸으로 유배지에 있는 형을 만나러 천릿길을 달려가기도 했다. 이언적은 이제나 저제나 동생에게 돌아갈 날 날만을 기다리다 어느 날 동생의 부음을 듣게 된 것이다.

> 사람은 태어나면 반드시 죽으니, 죽고 사는 것은 운명에 달려 있다는 것을 모르지 않는다. 하지만 자네가 죽었다는 소식을 듣고 숨이 넘어 갈 듯이 슬프게 통곡하며 찢어지는 아픔으로 인해 가슴을 쥐어뜯지 않을 수 없었다. 이것은 형제간의 애틋한 정뿐 아니라 평생을 마음에 간직했던 아쉬움이 많기 때문이다.
>
> 자네가 가까스로 상제喪制를 마쳤을 때는 피눈물을 흘리며 상을 치르느라 몸이 극도로 수척해졌었네. 그로 인해 병이 더욱 깊어져서 마른 나뭇가지 같은 형상에 겨우 숨만 붙어 있는 상황이었지. 그런데도 나를 잊지 못하여 험한 천릿길을 죽을 각오로 위험을 무릅쓰고 찾아와 주었네. 서로 마주 보며 울부짖고 곡을

하며 말문이 막혀 아무 말도 하지 못하였지. 그러고는 몇 개월을 머무는 동안 간절한 형제간의 정회를 말로 다하기 어려워 마주 앉아 한숨을 쉬고 쉴 새 없이 눈물을 흘렸었네.

하늘은 넓고 땅은 아득하지만 끝이 있는데 나와 자네가 이승과 저승으로 갈라진 큰 슬픔은 한없이 크네. 수천 리나 떨어져서 꿈에서도 자주 만나지 못했는데 자네가 세상을 뜨고 석 달이 지나서야 소식을 듣게 되어 비통한 심정을 헤아릴 수가 없구나. 오직 바라는 것은 자네와 내가 영원토록 형제가 되어 이생에서 다하지 못한 인연을 다음 생에 또 맺는 것이네.

『회재집 제6권』 '죽은 아우 자용을 제사 지내는 글' 일부

이언적은 문득 아우 자용이언괄의 어릴 때 이름이 자신을 찾았을 때를 기억하며 제문을 썼다. '마른 나뭇가지 같은 형상에 겨우 숨만 붙어 있는 상황'이었던 동생의 모습이 새삼 가슴 아프게 다가온 것이다. 유배지에서 홀로 세월을 견디고 있을 형을 위해 자신의 아픔은 잊고 그렇게 형의 곁에 머물렀던 동생이었다.

유배지에서의 만남이 두 형제에게는 마지막이었다. 동생의 체류로 위안을 얻은 그였지만 그대로 붙잡아 둘 수는 없었다. 결국 아쉬운 만남을 뒤로하고 동생과 다시 헤어져야 했다. 동생의 병이 깊어 유배지에서 겨울을 나기가 힘들었기 때문이다. 다시 만날 날을 기약하기도 어려운 상황이었다. 이제 헤어지면 다시 만나지 못할

수도 있었기 때문에 헤어짐은 더욱 절절하기만 했다.

> 작별에 임해 한없이 참담하고 애통해하니, 천지도 슬퍼하고 귀신도 통곡하였네.

어쩌면 서로 마지막 작별이라는 것을 알고 있었는지도 모른다. 그랬기 때문에 보내는 사람도, 떠나는 사람도 슬픔을 주체할 수 없었을 것이다. 그렇게 강계에서 돌아온 동생은 결국 병이 악화되어 세상을 떠나고 말았다. 이언적은 동생의 부음을 석 달이 지나서야 듣게 되었으니 그 심정은 더욱더 비통했을 것이다.

> 음식을 폐하지 않고 억지로 몸을 부지하며 지금까지 버텨 온 것은, 살아 돌아가서 다시 형제자매를 만나고자 함이었네.

이언적이 그 매서운 칼바람과 고난 속에서도 버텨 온 것은 다시 집으로 돌아가 형제를 만나고 싶었던 간절한 마음이 있었기 때문이었다. 하지만 그 바람이 허무하게 무너졌으니 얼마나 비통했을까. 하지만 이언적도 결국 집으로 돌아가지 못했다. 그렇게 돌아갈 날을 손꼽아 기다린 보람도 없이 강계에서 숨을 거두고 말았으니 그의 원통함은 하늘에 사무쳤으리라.

다시 만나기를 약속했건만

이현일이 누이에게

삶에 끝이 있다는 것은 알지만 정확히 언제인지 알지 못하기에 느닷없는 이별은 당혹스럽다. 이는 벼슬에 뜻이 없어 향리에 칩거하며 세상의 앞일을 내다보는 산림山林에게도 다를 바 없다. 만남이 있으면 헤어짐이 있다는 것을 깨우쳤다 하더라도 막상 닥친 이별은 쉽지 않다. 그것이 다시 볼 수 없는 영원한 이별이라면 더욱 그렇지 않겠는가.

이황의 학풍을 계승한 대표적인 산림이자 조선 후기의 학자 이현일1627~1704은 가까운 시일 내에 다시 만날 수 있을 거라고 했던 누이동생의 부음을 갑자기 듣고 어찌 할 바를 몰랐다. 마지막일 거라는 생각을 전혀 하지 않았기에 더욱 받아들이기가 힘들었다.

부모님 말씀에 순종하고 차분하기로는 형제들 중에 네가 으뜸이었다. 나와는 두 살 차이인데 각각 가정을 이루고서도 서로 만나 즐거운 담소를 나누곤 했었다. 그때마다 옛일을 떠올리며 추억에 젖곤 했지. 그러면 어머니는 언제나 깊은 산골의 용과 뱀이 났다고 했었다.

지난번에 내가 가서 보았을 때 오히려 자주 오라고 당부까지 했는데 슬프게도 그 말이 아직도 귀에 들리고 그때의 모습이 눈앞에 아직도 생생하다. 그것이 영원한 이별일 줄을 누가 알았겠느냐.

누가 삶과 죽음이 서로 멀리 있다고 하였는가. 잠깐 사이에 이렇게 삶에서 죽음으로 넘어가 버리고 말았다. 너와 이별을 한 지 아직 열흘도 되지 않았구나. 내 손으로 염을 끝내고 네가 누워 있는 관에 기대니 정신이 멍하고 아직도 꿈만 같다.

『갈암집 별집 제4권』 '김씨金氏에게 출가한 누이에 대한 제문' 일부

비록 장성해서 각자의 가정을 이루고 사는 남매라도 영원한 이별은 아플 수밖에 없다. 밤새 안녕이라고 하지 않는가. 지금이라고 안전한 것은 아니지만 그 당시만 해도 전염병이 창궐하면 많은 이가 부모를 잃고, 자식을 잃고, 형제자매를 잃는 일이 허다했다. 아마도 이 제문을 쓸 당시 전염병이 한바탕 휩쓸고 지나간 모양이었다. 전염병이 물러나자마자 누이를 살피러 갔던 그는 누이의 손을

잡고 아무 이상이 없음에 반가움을 감추지 못했다. 하지만 바쁜 일이 생겨 제대로 이야기를 나눌 새도 없이 자리에서 일어나야 했다. 자주 오라는 당부에 곧 만날 것이라 여겼는데 영원한 이별이 되고 만 것이다.

이현일은 누이와 생활했던 어린 시절을 떠올린다. 할아버지가 돌아가셨는데 슬퍼하는 아버지와는 달리 아무것도 모르고 그저 둘이서 어울려 천진난만하게 놀던 때가 어제 마냥 생생하다. 어머니가 금계로 갈 때는 형제들이 따라나섰는데 힘든 이백리길을 서로 의지하며 함께 걷던 누이였다. 각자 결혼을 하여 가정을 꾸렸지만 자주 만나 즐겁게 대화를 하곤 했다. 그런 남매의 모습을 흐뭇해하게 지켜보시던 어머니의 모습, 그런 것들이 눈에 아른거린다.

그렇게 같은 추억을 간직했던 애틋한 누이가 갑자기 세상을 떠난 것이다. 자식을 앞세운 부모님은 피눈물을 흘리고, 어미를 잃은 아이들은 어미를 애타게 찾는다. 배웅을 하며 자주 들르라던 누이의 목소리와 웃는 모습은 아직도 눈앞에 생생하다.

안주인을 잃은 집은 만져주는 사람이 없어 황량해지고 불을 지피지 않은 아궁이는 냉랭하기만 하다. 창호지는 다 찢어져도 만져주는 사람이 없다.

한 번도 영원한 이별을 생각해보지 않았던 동생이다. 전염병을 이겨낸 후 손잡고 반기던 동생이 아닌가. 생글생글 웃으며 손을 흔들어주던 동생이고 조만간 다시 만나자며 위로해 주던 동생이다. 그런데 하루아침에 그 모든 모습을 더 이상 볼 수 없게 되고 만 것이다. 이 얼마나 기가 막힌 일인가.

의지할 곳은 오직 형님뿐이었습니다

이상정이 형님에게

'효제孝悌'란 부모에게 효도하고 형제간에 우애하는 유교 사상을 말한다. 부모에게 효도하는 것만큼이나 형제간의 우애도 중요한 덕목으로 여긴 것이다. 그래서 옛사람들의 형제애는 유별났다.

고려 말 유학자인 목은 이색의 15대손이자 조선 후기 영·정조 때의 학자인 이상정1711~1781 또한 효제를 실천한 인물이었다. 그는 퇴계의 학통을 이어 많은 후학을 길러낸 인물이기도 하다. 그에게는 효제를 몸소 실천하며 아우들에게 모범을 보여주는 형이 있었다. 형제 많은 집안의 맏이로, 집안의 대소사를 알아서 척척 수행해내는 형이었다. 그런 형의 부재는 현실에서 바로 실감할 수 있었다.

형님이 떠나신 후 한 번도 저를 찾아오지 않으시니 어찌 된

일입니까. 살아생전 외로운 세상살이를 서로 의지하며 지낸 것은 오직 형님뿐이었습니다. 형님은 이 아우와 하루도 떨어져 지내려 하지 않았고 아우도 형님이 오래도록 제 곁에 계시리라 믿었습니다. 둘이 함께하는 것을 큰 즐거움으로 알았는데 잠깐의 병으로 다시 일어나지 못할 줄은 꿈에도 생각지 못했습니다.

외로이 아비 잃은 자식은 아는 바가 없고, 문호는 커서 일이 그칠 날이 없습니다. 아우들이 있기는 하지만 어리석어 일을 잘 알지 못하여 좌우에서 이끌어주지 못하고 있습니다. 부탁하신 뜻을 받들지 못하여 하늘에 계신 영령을 근심스럽게 할까 봐 밤이나 낮이나 근심과 두려움으로 눈물만 흘리고 있습니다.

『대산집 제46권』 '큰형님 처사 부군에 대한 제문' 일부

오직 학문에만 힘을 쏟던 이상정은 갑자기 집안의 대소사를 떠맡게 되면서 세상을 떠나버린 형의 부재를 크게 느끼고 그리움에 사무치게 된다. 그에게 형은 부모님 다음으로 큰 버팀목이고 기둥이었다. 어릴 때부터 유난히 병치레가 많았던 형이지만 다행히 크게 걱정할 정도는 아니었다. 하지만 워낙 몸이 약해서인지 감기가 악화되어 끝내 일어나지 못했다.

갑작스런 형의 죽음으로 무엇을 해야 할지 좌표를 잃어버렸다. 그럴 정도로 형은 동생들이 힘들지 않도록 모든 일을 척척 해냈던 것이다. 평생 아우의 곁에 있을 줄 알았는데 갑자기 떠난 형의 빈자리

는 너무도 크고 해야 할 일이 많았다. 그래서 형이 그립고 그리운 만큼 꿈속에조차 찾아오지 않는 형이 원망스럽기도 했다. 곁에 없고 나서야 형의 자리가 얼마나 크고 힘든 것이었는지 깨닫게 되었다.

형인 이후정은 사당을 세워 시절마다 향사享祀를 했으며 『영모록永慕錄』을 지어서 조상을 사모하는 그리움을 담았다. 묘갈명墓碣銘을 청하고 지석誌石을 구워서 선묘先墓에 묻었으며 산을 구해 선친을 이장하는 일에 일생의 노고를 들였다. 그런 일들을 동생들과 상의는 했지만 앞장서서 해결하는 일은 모두 형의 몫이었다. 그러나 선친의 묘를 옮기기도 전에 세상을 떠나자 동생인 이상정이 그 일을 맡아야 했다.

한 집안의 맏이는 부모를 대신하는 존재다. 그만큼 책임이 큰 위치다. 하지만 이상정은 그런 위치가 준비되지 않았고 생각조차 해보지 않았었다. 이제는 누군가 의지할 대상이 없다는 것, 오롯이 자신이 그 책임을 다해야 한다는 사실이 형을 더 그립게 하는 것이다. 게다가 이상정의 슬픔은 형의 죽음으로 끝나지 않았다. 몇 개월 후에 그의 아내가 세상을 떠났고, 양자로 갔던 막내아우의 아들 또한 죽었다. 조카 이윤도 아내를 잃는 등 한 집안에 초상이 다섯이나 난 것이다. 게다가 이후정의 아들 이게李垍가 아버지의 죽음을 슬퍼하던 나머지 병으로 몸져눕고 말았다.

이처럼 형제지간의 우애란 게 죽음으로 끝나지 않는다. 현실이라는 그 고통 역시 할반지통에서 벗어나지 않는 것이다.

같이 말 달리던 아우야

이현일이 아우에게

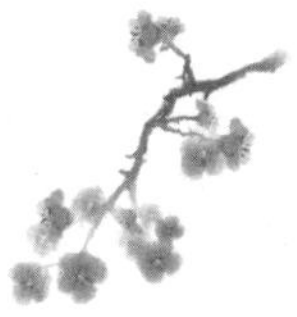

조선 후기의 학자 이현일1627~1704의 형제들은 우애가 유별난 것 같다. 앞서 이현일이 죽은 누이의 제문에 남매지간의 절절한 우애를 담았다면, 이번에는 여섯째 동생인 아우 이융일李隆逸의 제문에 동생에 대한 그리움과 애틋함을 담았다.

형제를 생각하는 마음은 비단 이현일뿐만 아니었다. 이융일의 시문집인 『평재유집平齋遺集』에는 형 현일에게 올린 '상갈암형上葛庵兄'이라는 글이 있는데, 환로풍파宦路風波:벼슬길에 나아가 지내면서 겪는 온갖 어려움에 대하여 염려하는 뜻이 담겨 있다. 그리고 석천월회서石川月會序'라는 글은 가까이 사는 형제들이 서로 내왕이 적었음을 지적하면서 앞으로는 친척 간의 화목을 도모할 뿐 아니라, 학문을 닦아 심신과 성정性情을 연마할 것을 약속한 글이다. 이를 통해 이 형제들의 돈독한 우애를 엿볼 수 있다.

나와 너는 나이는 아홉 살 차이인데, 어릴 적부터 장년이 될 때까지 집 안에서나 집 밖에서나 늘 함께 다니지 않은 적이 드물었다. 지난 임인년1662, 현종3에는 말을 나란히 몰고 찌는 무더위 한여름의 뜨거운 태양 아래를 달려가 동해東海 바닷가에서 어버이께 드리기 위한 해산물을 샀었다. 그리고 함께 눈보라 몰아치는 겨울 강릉江陵에서 경관이 좋은 터를 모두 둘러보았다. 노둔老鈍한 말로 먼 길을 다니며 힘든 노고를 함께하였고 꼬불꼬불 위태한 길을 조심조심 함께 다녔다.

너는 어릴 적에 여러 곳을 여행해보고 싶어 했다. 그러나 나는 남북으로 유배를 이리저리 옮기는 신세가 되었고, 너는 병으로 눕게 되어 여행하려는 계획을 접어야 했다. 죽기 전에 임금의 은혜로 풀려나 집으로 돌아가 손을 맞잡고 즐거운 농담을 주고받으며 한바탕 이야기꽃을 피우기를 바라고 있었다. 허나 그 소원을 이루기도 전에 끝없는 한을 남기고 네가 세상을 떠날 줄을 어찌 생각이나 했겠느냐.

『갈암집 제22권』 '아우 자약子躍에 대한 제문' 일부

이현일이 동생의 죽음에 더욱 가슴 아파하는 것은 서로를 의지하며 속내를 털어놓았던 시간들이 많았기 때문이다. 동으로 서로,

말을 같이 달리며 보낸 시간들이 그들에게는 서로의 마음을 하나로 만들었던 계기였으리라. 그렇게 마음을 나누던 동생의 죽음은 정말 몸의 반을 벤 것처럼 고통스러웠을 것이다.

이현일은 인현왕후가 복위된 뒤 갑술환국 때 조사기趙嗣基가 심문을 받자 죄가 없다고 편을 들었다가 유배를 가게 되었다. 유배를 가서도 그는 동생을 그리워하며 지냈다.

> 북으로, 남으로 귀양살이한 지가 벌써 다섯 해가 지났다. 땅 끝에 있는 변방에서 언덕에 올라 고향 쪽을 바라보며 너를 생각하였는데 흘러가는 구름만 보아도 네가 생각이 나더구나.

그는 처음에는 함경도 홍원현으로 유배되었다. 후에 다시 서인 안세징安世徵의 탄핵을 받아 종성에 위리안치圍籬安置:귀양을 간 죄인이 그곳에서 달아나지 못하도록 가시로 울타리를 만들고 그 안에 가두어 둠되었으며, 1697년 호남의 광양현으로 옮겼다. 그리고 다시 1698년에 갈은리葛隱里로 유배지가 바뀌었고, 1699년에는 방귀전리放歸田里:고향으로 돌아감의 명이 내려졌다. 아우가 죽었을 때는 갈은리에서 유배생활을 할 때였다. 동생이 1년만 더 버텨주었더라면 고향으로 돌아온 형을 만날 수도 있었을 텐데, 야속하게도 기다리지 못하고 세상을 떠나고 만 것이다.

형이 귀양을 갈 때 동생은 길가에 서서 눈물을 흘리며 다른 사람보다 더욱 이별을 슬퍼했다고 한다. 4년 뒤에는 다행히 남쪽으로 유배지가 바뀌면서 집에서 조금 가까운 곳으로 오게 되자 형을 찾아가려고도 했다. 그러나 이미 그때는 몸이 매우 안 좋아져서 움직일 수 있는 처지가 아니라서 편지로만 주고받으며 유배가 풀리기를 간절히 바라고 있었다.

> 너는 남쪽으로는 방장산方丈山을 두루 구경하고 북쪽으로는 숙신肅愼의 유허遺墟를 밟아서 답답한 마음을 풀고자 했었다. 그럴 때마다 나는 농담 삼아 천리마는 늙어 마구간에 매어 있어도 마음은 항상 천리를 달리고자 한다는 말을 하곤 했다.

동생 이용일은 여행을 굉장히 좋아했다. 병이 나으면 이곳저곳을 둘러보고 싶다며 형에게 가고 싶은 곳을 말하기도 했다. 몸이 아파 제대로 움직이지도 못했으니 여행을 하고 싶은 마음은 더욱 간절했으리라. 그런데 정작 여행을 꿈꾸던 아우는 병으로 누워 세상 밖으로 나가지 못했다. 형은 그런 동생이 안쓰러워 위로한다.

그런데 형은 뜻하지 않게 유배지를 옮겨 다니며 여행 아닌 여행을 하게 되는 슬픈 일이 벌어졌다. 유배지를 옮겨 다니는 것이 매우 고통스러운 일이기는 했지만, 만약 그것이 아우의 소원대로 그가 돌아다닌 여행지가 되었더라면 어땠을까. 아마 이현일도 그런 생각을 하며 얄궂은 운명을 원망했을 것이다. 다시 만나 서로 이야

기할 날을 고대하던 두 사람은 그러나 결국 영원한 이별을 하고 만다. 죽어서라도 다시 만날 날을 약속하는 형의 애틋함이 여운으로 남을 뿐이다.

20년 동안 같이 산 의리가 있건만

신흠이 누님에게

봄이 왔다 하되 소식을 모르더니
냇가의 푸른 버들 네 먼저 아는구나
어즈버 인간 이별을 또 어찌 하는가

이정구李廷龜·장유張維·이식李植과 함께 한문학의 태두이자 조선 중기 한문학의 4대가라고 칭하는 신흠申欽:1566~1628이 지은 시조이다. 인간사의 애환哀歡이 담겨 있다. 그는 일찍이 부모를 여의었으나 학문에 전념하여 벼슬하기 전부터 이미 문명文名을 떨쳤다. 그가 조실부모했지만 이처럼 역사에 한 획을 긋는 뛰어난 인물이 된 데에는 그를 자식처럼 길러준 큰누님이 있었기 때문이 아닐까.

임씨의 부인은 바로 나의 큰 자씨누님이다. 경술년1550, 명종5에 태어나서 열다섯 살에 임군에게 시집갔다. 임군은 젊어서 문장에 재주가 있었으나, 술을 즐겨 마시다가 병을 얻어 서른여섯 살의 나이로 세상을 뜨고 말았다. 그리하여 누님이 홀로된 채 가난하게 살기에 내가 집으로 모셔와 20년 동안 한솥밥을 먹고 지냈다.

그러다가 계축년1613, 광해군5 여름에 내가 조정에 죄를 얻어 외방으로 쫓겨나면서 비로소 누님과 헤어졌는데, 누님은 그때까지도 내 집에 살았다. 이로부터 7년 뒤인 기미년에 누님이 교하현交河縣으로 부임하던 사위 허길許佶을 따라가 있다가, 이해 12월 19일에 교하현 소재지 우사寓舍에서 병으로 별세하였다.

누님은 성품이 너그럽고 우애가 매우 돈독하였다. 우리 부모가 일찍 별세하셨으므로, 누님이 우리 형제들의 어른으로서 여러 아우들을 마치 자기 자식처럼 사랑하며 돌봐주었고, 나는 누님을 마치 어머니처럼 여겼었다. 그런데 불행히도 운명이 복이 없어 평생 동안 먹고 사는 일로 힘들어했으며 세상을 떠난 뒤에는 제사를 모실 아들도 없으니 슬프다.

『상촌선생집 제29권』 '큰 자씨 임씨 부인의 행록' 일부

예로부터 형제들 중에서도 맏이는 부모의 부재 시 그 역할을 담당했다. 장남은 아버지로, 장녀는 어머니로서 동생을 보살피는 것

을 당연한 일로 여겼다. 신흠에게 있어 큰누님 역시 그런 존재였다. 하지만 누님의 일생은 평탄치 않았던 모양이다. 결혼 후 남편도 일찍 죽고 아들도 왜란 때에 목숨을 잃었다. 어머니와도 같았던 누님이 혼자가 되자, 신흠은 누님을 모시고 와서 함께 살고 싶어 했다. 어린 시절 누님이 자신을 돌봐주었듯이 이제는 자신이 누님을 돌보며 서로 의지하기를 마다치 않았다. 그것은 장성한 자식이 부모를 공양하는 것과 다를 바 없었다.

그렇게 자신의 집으로 누님을 모시고 와서 20년을 한솥밥을 먹었다. 평생 떨어지지 않고 같이 살 줄 알았는데 야속하게도 신흠이 유배를 가는 일이 생기고 말았다. 신흠은 선조의 신임을 받은 인물로, 유교칠신遺教七臣의 한 사람이었다. 유교칠신이란 선조 임금이 승하할 때 어린 영창대군을 잘 보살피라는 유명을 내린 일곱 명의 신하를 말한다. 바로 신흠, 유영경, 한응인, 박동량, 서성, 허성, 한준겸이다. 하지만 영창대군은 광해군에 의해 죽임을 당하고 유교칠신이라는 이유로 유배 길에 오르게 되었다.

그가 유배를 떠난 뒤에도 누님은 동생의 집에 남아 7년을 더 살다가 교하현으로 부임하는 사위를 따라갔다. 그리고 그곳에서 세상을 떠나고 말았다.

죄인의 몸으로 유배지에 있는 몸이라 누님의 부음을 듣고도 가보지 못하는 안타까운 마음이 절절하게 묻어난다.

우리가 함께한 50년의 정과 20년 동안 같이 살았던 의리가 있는데, 돌아가실 때는 관을 붙들고 소리 내어 울어보지 못했습니다. 또한 장례를 치룰 때도 무덤자리에 가서 울지도 못했습니다.

인간의 이별을 어찌하겠는가.

제문을 통해 통곡할 수밖에 없었던 신흠, 그것은 함께 살아온 누님과의 의리에 대한 마음이기도 했으리라. 누님의 곁을 지키지 못한 미안함과 아픔이 더해진 마음이 아니었겠는가.

천륜의 지기를 잃었으니

김윤식이 사촌 아우 국경에게

핵가족화된 지금이야 혈육으로 맺어진 사촌보다 이웃사촌이 더 친근감이 느껴지겠지만, 대가족시대의 조선에서는 사촌간이 친형제와 다를 바 없이 막역한 관계였다. 친족의 범위가 팔촌인 것을 감안하면 사촌은 가까운 존재이다.

조선 말기의 문신이었던 김윤식은 어려서 부모를 잃고 친척집을 전전하다 둘째아버지인 김익정1803~1879의 집에서 자라게 되었다. 그때 김윤식은 김익정의 다섯째 아들 김광식1836~1865:자는 국경과 유난히 친하게 지냈다.

아, 슬프다. 나의 집이 가난하고 보잘것없어지는 바람에 이리저리 떠돌며 살다가 너의 집에서 살게 되었지. 나무 등걸에 나란히 앉아 같이 책을 읽었고 뜰아래를 종종걸음으로 다니며 시도 함께 배웠다. 저녁에는 돌계단을 따라서 걸으며 나란히 시를 읊으니 산새가 내려 앉아 춤을 주었다.

따스하고 볕 좋은 봄날이면 술동이를 열었고, 차가운 눈바람이 부는 겨울에는 같이 사립문을 닫고 마주 앉았지. 그대가 먼저 노래하면 내가 화답하였으니 질나발을 부는 듯 대피리를 부는 듯하였다. 화려하고 아름다운 남의 옷을 좋아하지 않았으니 우리의 즐거움은 끝이 없을 것이라고 여겼네. 천륜의 지기를 잃었으니 홀로 갈팡질팡 어디로 돌아갈 것인가.

『운양집 제14권』 '애사, 사촌 아우 국경의 죽음을 슬퍼하며' 일부

사촌 아우 국경은 김윤식보다 한 살 아래였으며 양주에 있는 초천苕川이라는 마을에서 어린 시절을 함께 보냈다. 그렇기 때문에 다른 형제들보다 더욱 애틋했던 모양이다. 어린 시절의 추억을 함께 공유했다는 것은 그만큼 애정이 더 생길 수밖에 없었다. 함께 성장한 그들은 누구보다 서로를 잘 아는 지기가 되었으리라. 세상에서 나를 알아주는 사람을 만나는 일이 그리 쉬운 것은 아니다. 김윤식은 때론 형제 같고 때론 친구 같았던 사촌동생을 지기로 느끼기에 충분했다.

그런 국경이 스물아홉 살에 세상을 떠난 것이다. 아내와 어린 자식이 아버지의 죽음 앞에 망연자실한 모습을 보며 김윤식은 아우

의 죽음을 실감한다. 이제 다시는 볼 수 없다는 생각이 들자 차오르는 슬픔에 목소리마저 막혀버리고 만다. 이제 누구와 시를 주고받고, 누구와 마음을 나누며, 누구와 더불어 허심탄회하게 술잔을 기울일 수 있을까.

> 내가 아홉 살 때부터 우리는 같은 이불을 덮고 잤으며, 같은 밥상에서 밥을 먹었고, 같은 창문 아래서 글을 읽고, 같은 무리에서 놀았다. 소매를 나란히 하여 같이 다니고, 과거시험장에 함께 출입하며 답안지를 작성하였으니, 하루도 떨어진 날이 없었다.

동생을 잃은 것이 아니라 자신의 몸의 일부가 떨어져 나간 기분이 아니었을까 싶다. 동생이자 벗이었던 국경을 잃은 김윤식이 망망대해에 혼자 버려진 것처럼 정신을 놓은 모습이 안쓰러울 따름이다.

3장

부모는 기다려주지 않는다

천붕지통天崩之痛

"나무는 고요히 머물고자 하나 바람 잘 날이 없고, 자식은 부모를 모시고자 하나 기다려 주시지 않네."

일명 풍수지탄風樹之嘆, 자식이 효도하려 할 때 부모는 이미 죽어 효행을 다하지 못하는 슬픔을 이르는 말이다. 원래 유래는 '수욕정이풍부지樹欲靜而風不止'에서 비롯된 말로 『한시외전韓詩外傳』에 나오는 말이다. 공자가 유랑하다가 슬픔에 잠긴 이를 만나 들었던 사연 중에서 유래되었다.

그는 자신이 저지른 첫 번째 잘못이 '젊었을 때 천하를 두루 돌아다니다가 집에 와보니 부모님이 이미 세상을 떠나신 것'이라고 했다. 사람의 목숨은 유한하다. 끝은 반드시 있는데, 그 끝이 언제인지는 아무도 알 수 없다.

아버지의 일대기를 쓰다

정조가 아버지 사도세자를 그리워하며

"과인은 사도세자의 아들이다!"

영조가 죽고 1776년 3월 10일, 조선왕조의 제22대 국왕으로 정조대왕이 즉위했다. 그는 그날 신하들에게 내린 윤음의 첫 머리를 자신의 존재에 대해 쓰도록 했다. 자신이 열한 살 때 뒤주에 갇혀 죽었던 사도세자의 아들임을 천명한 것이다.

그는 사도세자가 죽은 후 할아버지 영조의 명으로, 일찍 죽은 영조의 맏아들인 효장세자의 아들로 입적이 되었다. 사도세자가 죄인의 몸으로 죽었기 때문에 세손 정조를 죄인의 아들로 둘 수 없었던 할아버지의 선택이었다. 아직 힘이 없었던 정조는 묵묵하게 모든 것을 받아들였지만 최고의 자리에 오르자마자 그동안 가슴속에 담고만 있었던 말을 외친 것이다.

선군先君은 숙종원효대왕肅宗元孝大王의 손자이시고, 영종현효대왕英宗顯孝大王의 아들이며, 영빈 이씨가 낳으셨다.

탄생하시기 며칠 전에 성운星雲의 상서가 있었는데, 탄강하시자 얼굴이 훤하고 울음소리가 종소리 같아 영종께서 매우 기뻐하셨다. 그때가 바로 을묘년1735, 영조11 1월 21일이었다. 종묘사직에 고하고 중앙과 지방에 대사면을 내렸다.

병진년에는 세자世子로 책봉하여 3월 15일에 모든 의식을 갖추고 양정각養正閣에서 책봉례를 거행하였다. 이때 연신 조현명이 아뢰기를, "저하가 꼭 효종의 모습을 닮았으니, 참으로 종묘사직의 끝없는 복이옵니다" 하였다.

병신년에 시호를 장헌莊獻으로 추상하고, 계묘년에는 또 수덕돈경綏德敦慶이라는 존호를 추상하고, 갑진년에 또 존호를 홍인경지弘仁景祉로 추상했다.

『홍재전서 제18권』 '현륭원의 행장' 일부

자신이 사도세자의 아들임을 천명한 정조는 사도세자의 묘를 화성으로 옮기고 현릉원顯隆園이라고 칭했다. 그리고 아버지의 일대기가 담긴 행장行狀을 썼다. 행장은 죽은 사람의 평생 살아온 일을 간명하게 써서 읽는 이로 하여금, 죽은 사람을 직접 보는 것처럼 살펴볼 수 있도록 하는 것이다. 어떻게 보면 죽은 사람의 삶의 이력서라고 보면 된다. 주로 객관적인 사실을 토대로 쓰지만 쓰는 이가 누구냐에 따라 첨삭이 달라진다.

정조가 자신이 즉위할 때까지 거론되는 것을 꺼렸던 아버지 사도세자의 행장을 쓴다는 것은 그 의미가 남다를 수밖에 없었다. 어린 나이에 할아버지 영조에게 뒤주에 갇힌 생부를 살려 달라고 간청해야만 했던 정조이고 보면, 그 행장은 서러움과 그리움이 사무쳐 있지 않았겠는가.

효도는 부모가 살아생전에 해야 하는 것이 원칙이지만 부모가 세상에 없다고 효가 끝나는 것은 아니다. 정조는 해마다 새해가 시작되는 정월이면 화성으로 가서 아버지에게 문안을 드리고 제사를 지냈다. 나중에는 자주 현릉원을 방문하여 눈물을 흘리기도 했는데 아마 답답한 마음 때문이었으리라. 만만치 않은 신하들의 견제를 받으며 국정을 운영해야 하는 정조도 심적으로 많이 외로웠으리라. 그때마다 아버지를 찾아 수원으로 향했던 것이다.

정조20년 1월 21일, 정조는 현륭원에 나아가 참배를 마치자 부복하여 눈물을 흘리면서 얼굴을 가리고 오열했다. 그날은 사도세자의 탄신일이자 환갑에서 1년이 더 지나 있었기 때문이다. 아버지를 생각할 때마다 가슴이 미어지는 슬픔을 감당해야만 하는 정조였다. 그는 사사로운 이가 아니라 한 나라의 국왕이었으니 말이다.

정조는 현륭원에 삼 일간 머무르면서 사도세자의 영정 초상화 초본이 오래되어 빛이 바래 알아볼 수 없음을 안타까워했다. 그래서 다시 작업을 하도록 명하고, 새롭게 그려진 아버지의 영정을 보며 정조는 매우 기뻐했다고 한다. 얼마나 아버지를 그리워했는지 짐작할 만하다.

그가 화성에 갔다가 돌아오는 길에 항상 발길을 멈추고 현륭원을 뒤돌아보던 곳이 지지대 고개다. 먼발치에서라도 한 번 더 보고 싶은 마음에 고갯마루에 돌로 대를 쌓았다고 한다. 지지대가 생긴 이유에 대해서 밝힌 글이 있다. 『홍재전서 제177권』 '일득록日得錄 17 훈어訓語'에 보면 이런 부분이 나온다.

> 매번 원행園行 때가 되면 길일을 택하여 하룻밤 몸과 마음을 깨끗하게 한 뒤에는 마음이 급해져서 이날이 더디 오는 것을 염려하였다. 의식을 갖추어 궁궐을 나와 산천이 시야에 들어오게 되어서는 그래도 길이 먼 것을 한탄하고, 원침園寢 : 왕의 무덤에 배알하는 예를 마치고 수레를 돌릴 때에 이르러서는 걸음마다 돌아보았다.
>
> 갈림길을 만나면 멈추고 고개를 만나면 머물러서, 해가 기울어도 걸음이 더딘 줄을 깨닫지 못하였다. 이것이 지지대遲遲臺가 지어지게 된 연유이니, 뒷날 이곳을 지나가는 사람은 그래도 아마 내 마음을 알 것이다.

아버지를 만나러 가는 날이 더디 오는 것을 조바심 내던 정조였다. 마치 소풍을 하루 앞둔 아이처럼 초조하게 기다린다. 길을 나선 뒤에는 너무 먼 거리에 속상해하고 다시 돌아오는 길에는 걸음 걸음마다 아쉬움에 뒤돌아보는 정조다. 아버지를 그리워하는 정조의 마음이 어떠했는지 이 글만으로도 충분히 전해져 온다.

효도할 날은 짧고

김익정이 어머니께

한 번 지나간 시간은 다시 오지 않는다. 부모도 한 번 세상을 떠나면 다시 잡을 수 없다. 공자는 "부모의 나이는 알지 않으면 안 된다. 한편으로는 그로써 기쁘고, 한편으로는 그로써 두려워진다"라고 말했다.

자식 입장에서 부모가 나이 드는 것은 어떤 의미일까? 오래 사셨다는 기쁨과 언제 돌아가실지도 모른다는 두려움이 혼재되어 있는 게 자식의 마음이다. 이 말은 부모는 오래 기다려주지 않는다는 말과도 통한다. 그러므로 부모 살아 계실 적에 효도해야 한다. 효도할 날이 그리 길지 않으니 말이다. 그렇다면 효도는 어떻게 해야 할까?

조선 전기의 문신인 김익정미상~1436은 입신양명하는 것을 효도라고 생각했다. 그래서 쉬지 않고 공부를 하여 드디어 벼슬길에 올랐다. 하지만 나라의 녹을 먹고사는 일이 한가한 것은 아니었다. 이래저래 일에 치이다 보니 부모님을 뵈러 갈 시간을 낼 수가 없었다. 조만간 부모님 모실 날을 기다리며 때가 되면 못다 한 효도를 하리라 다짐했다.

> 제가 약관 스무 살의 나이가 지나 부모님을 잘 모시고자 벼슬에 뜻을 두어 열심히 공부를 한 끝에 대과에 급제했습니다. 관직에 이름을 올려 아침 일찍부터 밤늦게까지 일을 해 근심을 끼치지 않으려고 노력했습니다. 그러나 그로인해 음식을 올리고 안부를 여쭙는 일을 제대로 살피지 못했습니다. 멀리 계신 어머님을 뵙고 싶어 하고 그리워하는 마음은 한순간도 잊은 적이 없지만 여전히 바쁜 일에 쫓겨 안타까운 마음뿐이었습니다.
>
> 그런데 어찌하여 한 번 편찮으시더니 일어나지 못하시고 그 길로 저에게서 떠나가 버리시어 영원한 슬픔만 남기셨습니다. 효도 할 날은 짧고 충성을 바칠 날은 길다는 옛사람의 가르침을 떠올리자니 부끄럽기만 합니다.
>
> 『춘정집』 '추보追補, 김익정金益精이 모친께 드리는 제문' 일부

세상 일이 자신의 뜻대로만 되는 것은 아니다. 입신양명이 효도라고 생각했던 것이 어리석었음을 깨달았을 때는 이미 늦어버렸

다. 그때는 이미 부모님의 시간이 많이 남아 있지 않다. 그것을 깨달은 김익정은 벼슬을 내려놓고 집으로 돌아온다. 집을 떠나갈 때 정정했던 어머니는 이제 백발의 노인이 되어 아들을 맞이한다.

김익정은 효도하지 못한 지난날을 반성하며 하나하나 실천에 옮기지만 노쇠한 어머니는 아들의 정성스러운 효도를 누려 볼 기회도 없이 병석에 눕고 만다. 좋은 약을 쓰고 유명한 의원을 부르지만 소용이 없다. 밤낮으로 보살피는 아들의 간호에도 불구하고 어머니는 그대로 일어나지 못하고 세상을 뜨고 말았다.

진나라 이밀李密이라는 사람이 무제武帝 초기에 벼슬을 받았을 때였다. 이밀은 자신을 길러준 할머니 유씨劉氏의 봉양을 위해서 벼슬을 거절한다. 그는 상소에 "신이 폐하께 충성을 바칠 수 있는 날은 길게 남았지만 조모에게 보답하여 봉양할 날은 짧습니다"라고 했다. 김익정은 이밀을 떠올리며 자신도 그렇게 하지 못했던 걸 가슴을 치며 후회하고 통곡했다.

> 벼슬을 그만두고 한가로워지니 아버님 탕약 시중이나 들면서 다시는 벼슬길에 나가지 않으리라 하였는데 왕명으로 서쪽에 가게 되었습니다. 가지 않겠다고 사양을 하였으나 받아들여지지 않아 할 수 없이 관직을 받고 서쪽으로 갔습니다.
>
> 일을 마치고 머지않아 다시 돌아와 당연히 아침저녁으로 모시려고 했는데 어찌 이것이 영원한 이별이 될 줄 알았겠습니까.

누군가가 아버님이 많이 편찮으시다는 편지를 나에게 쓰려고 했지만 아버님께서는 바쁜 아들이 놀라 달려올까 봐 그만두게 하고 오히려 아들을 걱정하시다 돌아가셨습니다.

『춘정집』 '추보, 선고께 드리는 제문' 일부

김익정은 병든 아버지를 모시고 살기로 결심했지만 나라에서 부르자 할 수 없이 길을 떠났다. 사양해도 왕명을 거역할 길이 없으니 차라리 얼른 일을 마치고 돌아와 다시 아버지를 모시려 한 것이다.

이제 머지않아 일을 마무리하고 집으로 돌아갈 날만을 기다리는데 뜻밖의 비보를 접했다. 아버지가 돌아가셨다는 소식이다. 더군다나 아버지는 나랏일을 하는 아들이 달려올 것을 염려해 위독하다는 것을 알리지도 못하게 했다. 그 말을 들은 아들은 더욱 죄스러운 마음을 가눌 길이 없었다. 당신의 죽음 앞에서도 아들의 앞길을 먼저 생각하는 부모의 마음을 어찌 헤아릴 수 있겠는가.

후세 사람들에게 부탁하노니

이문건이 부모님이 걱정되어 쓴 비문

옛사람들은 부모가 돌아가신 후에도 자식으로서 행해야 할 효가 끝나지 않았다고 여겼다. 그래서 묘가 있는 선산을 관리하고 제사를 지내는 등 부모 사후에도 자식으로서 책임을 다했다.

중종 때 유학자인 조광조의 문하생인 이문건1494~1567은 녹록치 않은 인생의 소유자다. 기묘사화로 조광조가 화를 당하자 그는 의리를 지키다 미움을 받아 유배되었다. 명종 때 다시 복권되었지만 조카 이휘의 일에 연루되어 성주에 유배되었다가 그곳에서 죽었다. 23년 동안의 유배생활, 그리고 자식들을 잃고 손자를 직접 키우는 등 집 안팎으로 편안할 날이 없었던 그였다. 그래서였을까. 긴 유배생활로 서울에 머물 수 없다는 것을 알고 서울에 있는 부모의 묘를 지키는 방법을 고민하지 않았을까 싶다.

이문건은 어머니가 자주 아파 병석에 눕자 치료를 하기 위해 직접 의술을 배웠고 약을 구해 달이면서 정성껏 보살펴 드렸다. 어머니가 거문고를 좋아하자 즐겁게 해드릴 요량으로 스스로 거문고를 배우기도 했다. 어머니가 돌아가신 후에는 무덤 옆에 움막을 짓고 아들 온과 장손인 조카 이휘를 데리고 3년 동안 시묘살이를 했다.

영비靈碑로 알려져 있는 부모의 비석은 그가 부모의 묘를 합장하면서 묘 앞에 세운 한글묘비다. 묘비의 앞면과 뒷면에는 무덤 주인의 이름과 일대기가 적혀 있고 양 옆에는 한글과 한문으로 경계하는 글이 새겨져 있다. 그런데 그 내용이 무시무시하니 아마 한 번 읽은 사람은 절대 잊지 못하리라.

영비靈碑: 신령스러운 비석

이것은 신령스러운 비석이라 훼손하는 자는 화를 당할 것이다. 한자漢字를 모르는 자를 위해 한글로 알리노라.

불인비不忍碑: 차마 어떻게 할 수 없는 비

부모를 위하여 이것을 세우는 것이니, 누구인들 부모가 없겠는가. 그렇다면 어떻게 이 비를 훼손할 수 있겠는가. 비석을 차마 침범하지 못한다면 무덤도 감히 훼손하지 못할 것이다. 후세 사람들은 이것을 알아 만세가 지나도 화를 면할 것이다.

위의 글은 비석의 양 옆에 새겨진 경계문으로 이문건이 직접 새긴 것이다. 한쪽은 영비靈碑라고 한자로 쓴 후에 한글로 두 줄을 새겼는데 순수 한글로만 쓰인 최초의 비문이다. 한문을 읽지 못하는 사람들을 위해 친절하게 한글로도 쓴 것이다. 당시에는 한글이 어느 정도 보편화되어서 일반 백성들도 한글을 읽고 쓸 수 있었다. 그리고 다른 한쪽은 한자로 불인비不忍碑라고 새겼다.

비석에 새겨진 글을 읽는다면 정말 불인비, 누구라도 차마 어찌할 수 없을 것이다. 그의 무시무시한 협박에 감히 누가 무덤에 손을 대겠는가. 부모님을 생각하는 마음에서 우러나온 협박이니 화를 낼 수도 없다.

정말 신비스러운 비석이었는지는 모르겠지만 당시의 사람들은 질병에 걸렸을 때 이 비석 앞에서 기도를 하면 병이 나았고, 혹시라도 잘못하여 비석에 상처가 나면 그 사람은 화를 입었다고 전해진다. 이런 소문이 퍼지면서 아무도 무덤을 침범하지 않았다고 한다.

현재 이 비석은 서울특별시 노원구 하계동에 있다. 효심이 깊었던 이문건의 정성 때문인지 오랫동안 훼손되지 않고 전해오다가 보물 제1524호로 지정되었다. 앞으로도 계속 아무도 건들 수 없게 되었으니 부모님을 위하는 이문건의 마음이 하늘에 닿았던 모양이다.

불원천리 찾아오소서

이언적이 어머니에게

공자는 "부모가 살아 있을 때는 멀리 나가지 말아야 한다. 나갈 때에는 반드시 갈 곳을 알려드려야 한다"라고 말했다.

부모는 자식이 멀리 떨어져 있으면 자식 걱정에 마음을 졸여야 하니 가까이에 있어 마음을 평온하게 해주는 것 역시 효도라고 해야 할 것이다. 부모의 마음은 늘 자식으로 가득 차 있음을 부모가 되어보지 않는 이상 다 헤아릴 수 없는 법이다.

부모 곁에 있고 싶어도 어쩔 수 없이 떨어져야 하는 일이 생기기도 한다. 이언적1491~1553은 죄인의 몸이 되어 먼 변방으로 유배를 떠나야 했다. 하지만 부모님이 이미 연로한 상태라 살아갈 날이 많지 않음을 느낀 그는 그저 안타까울 뿐이었다. 백발의 어머니도 머나먼 변방으로 떠나는 아들의 손을 부여잡고 차마 놓지 못했다. 그렇게 모자는 서로를 생각하는 마음에 통곡을 하니 온 천하도 함께 슬퍼하는 듯했다. 하지만 그것이 마지막 이별이 될 줄은 꿈에서조차 알지 못했다.

영혼이 있어 어디든 갈 수 있다면 바람처럼 순식간에 돌아와 아득히 멀고도 먼 변방에 있는 아들에게로 불원천리 찾아오소서.

사람으로 이 세상에 태어나면 누구라도 부모상에 곡을 하겠지만 만 리 밖에서 이런 슬픔을 겪는 것은 오직 저밖에 없을 것입니다. 떠나올 때 손을 잡고 이별을 한 것이 영원한 이별일 줄 누가 알았겠습니까. 이승과 저승으로 영영 갈리니 남들은 모두 부모에게 효도할 때 저만 봉양을 마치지 못했습니다. 드넓은 하늘과 유구한 땅도 끝이 있고 다 함이 있는데 오직 저의 원통함만은 뼈가 가루가 되어도 끝이 없을 것입니다.

어머니의 장례에도 참석을 하지 못하는 천지간의 죄인이 되고 말았습니다. 차라리 어머니를 따라 죽어서 모습을 다시 보고 싶지만, 하늘은 캄캄하고 세상은 아득하기만 해서 어디로 가야 할지 모르겠습니다. 묘소에 서리와 이슬 내리고 풀도 이미 무성하게 자랐겠지요. 슬픈 마음을 가눌 길 없어 멍 하니 하늘만 바라보며 정신을 잃었다가 깨곤 합니다.

『회재집 제6권』 '선비 손 부인을 제사 지낼 때의 제문' 일부

그는 머나먼 유배지에서 통곡으로 하늘에 계신 어머니께 편지를 쓰는 것으로 자식 된 도리를 다할 뿐이었다. 이언적은 유배지에서 노모의 부음을 들어야 했고, 장례와 시묘살이를 동생에게 맡겨야 했다. 스스로 불효자라고 얼마나 자책을 했을지 제문으로도 느껴진다.

노모 곁을 지키지 못하고 멀리 떨어져 있는 것도 불효라고 알고 있는 그는, 꿈속에서나마 훌쩍 날아 집으로 달려가 색동옷을 입고 어머니를 만나기도 한다. 어머니를 떠올리다 보면 어머니의 뜻을 제대로 헤아리지 못해 속상하게 한 일이 많았다. 가장 후회스러운 것이 어머니와 멀리 떨어져 지내던 일이다. 젊은 시절, 그는 배우고자 하는 욕심이 많아 스승이 있는 곳이라면 먼 곳이라도 찾아가 배우려고 애썼다. 그럴 때마다 멀리 가는 아들이 걱정스럽고 보고 싶은 마음이 굴뚝같지만 어머니는 애써 태연하게 먼 길 가는 것을 허락하곤 했다.

그의 어머니는 항상 그 자리에서 자식을 기다렸다. 벼슬길에 올라 귀성할 때면 어머니는 동구 밖까지 나와 그를 전송했다. 아들의 모습이 멀어져 더 이상 보이지 않게 되면 우두커니 서서 눈물을 흘렸다는 말을 나중에야 전해 들었다. 자식은 부모의 마음을 결코 따라잡을 수 없다.

언제나 어머니에게 보고 있어도 보고 싶었던 아들이었으리라. 그런 아들이 좋은 일도 아니고 먼 유배지로 갔으니 하늘이 무너지고 땅이 꺼지는 아픔이었을 테고, 늙은 몸이나마 따라가 곁을 지키고 싶었을 게다. 지금까지 그래왔던 것처럼 어머니는 다시 망부석이 되어 대문 앞을 지키며 이제나 저제나 아들이 오기를 기다렸을 것이다. 그러나 그의 어머니는 끝내 그리움이 사무쳐 병이 깊어지고 말았다.

결국 이언적에겐 늦은 후회만 남았다. 공부한답시고 멀리 떠나 있던 것을 후회하고 바쁘다고 편지 한 통 하지 않았던 것을 후회한다. 과감하게 관직을 버리고 어머니 곁을 지키지 못한 것도 후회한다. 생각해보니 이런저런 이유로 어머니를 모신 날이 많지 않음을 깨달았지만 이제 와서 뉘우친들 무슨 소용이 있으랴. 그저 가슴을 도려내는 것처럼 아프기만 하다.

불원천리 찾아오라는 아들의 외침을 듣고 어머니는 멀고 먼 변방까지 한달음에 달려갔을 것이다. 육신을 버린 영혼이 산인들 높을까, 강인들 깊을까. 눈을 감을 때까지도 아들을 그리워했을 어머니는 후회하고 가슴 아파하는 아들의 얼굴을 쓰다듬으며 다독였으리라. 죽어서도 자식 걱정을 버리지 못하는 것이 부모의 마음 아니던가.

나의 고름과 피를 씻어주었습니다

정약용이 서모에게

옛말에 기른 정이 낳은 정보다 더 깊다는 말이 있다. 물론 천륜이라는 말이 있으니 낳은 정을 무시할 수는 없다. 하지만 직접 낳지 않고도 낳은 정 못지않게 자식을 잘 키워냈다면 훌륭한 부모인 것이다. 옛사람들은 부모라는 이름만으로도 효도를 하는 것을 자식의 도리라고 여겼다.

조선 후기 실학자 정약용1762~1836은 낳은 어머니가 아닌 길러준 어머니에게도 효를 행했다. 그의 친모는 해남 윤씨로 아들 3형제와 딸 한 명을 낳은 후 정약용이 여덟 살 되던 해에 세상을 떠났다. 아버지 정재원은 1년 후 재혼을 했지만 병이 있었는지 요절을 했고, 다시 얻은 부인 김씨는 당시 스무 살의 나이였다. 그때 정약용의 나이가 열두 살이었으니 서모와 나이 차이가 고작 여덟 살이었다. 정약용은 서모를 천성이 총명하고 몸집은 작았으며 말수가 적고 또 부드럽고 온화했다고 말한다.

돌아가신 아버님께서는 부인정약용의 친모을 잃고 계사년1773, 영조49에 서울에서 처녀 김씨를 측실로 삼았는데 그때 나이 이십이었으니 곧 서모였습니다.

처음 우리 집에 올 때 내 나이가 겨우 열두 살이었는데 머리에 서캐와 이가 많고 또 여기저기 부스럼이 있었습니다. 서모는 손수 빗질해주며 고름과 피를 씻어주었습니다. 그리고 바지와 적삼, 버선을 빨래하고 바느질하는 수고를 묵묵하게 하셨습니다. 그 일은 내가 장가를 가고 나서야 그만두었습니다. 그러므로 나의 형제, 자매 중에서 특히 나와 정이 두터웠습니다.

신유년1801, 순조1의 화에 내가 남쪽 지방으로 귀양을 가니, 서모는 항상 나를 생각하여 눈물을 흘렸고 죽음에 이르러서는 "내가 다시 영감令監 정약용이 승지를 지냈는데 당상관 이상은 영감이라 함을 보지 못하겠구나" 하는 말과 함께 숨이 끊어지셨습니다.

『다산시문집 제16권』 '서모庶母 김씨金氏의 묘지명' 일부

서모에 대한 정약용의 애절한 묘지명은 그래서 더욱 신선하게 다가온다. 친자식처럼 아끼고 사랑했던 서모도 존경스럽고 그녀의

은혜를 저버리지 않는 정약용도 훌륭한 인품의 소유자임은 말할 것도 없다.

아비 잃은 아이는 살이 쪄도 어미 잃은 아이는 마르니
어미는 해 먹이고 챙겨 입혀도 아비는 그리 못하네

조선 후기의 문신 박세당이 지은 시의 한 구절을 보면 어머니 없는 빈자리가 어떤 것인지 여실히 드러난다. 누가 봐도 어머니가 없는 티가 두드러지게 나는 것이다. 어린 정약용의 집도 마찬가지였을 것이다. 서모는 아이를 낳아서 길러본 적이 없었던 몸이지만 모두 제 자식이고 제 식구라고 여긴 모양이다. 아이들은 모습에서조차 꼴이 말이 아니었는데, 그녀는 망설이지 않고 아이들을 위해 소매를 걷어 올렸다. 씻기고 헤진 옷들을 바느질하고 부지런히 거둬 먹이는 일을 게을리하지 않았다. 서모라는 단어에서부터 선입견이 있을 것이니 매사가 얼마나 조심스러웠으랴. 그러나 어머니 없이 제대로 된 의식주도 해결되지 못하던 상황에서 새로 들어온 서모는 늘 그 자리에 있었던 사람처럼 죽은 친어머니의 빈자리를 살뜰하게 채웠다.

그런 헌신이 있었기에 정약용은 서모에게 친어머니 이상의 따뜻함을 느꼈을 것이다. 그가 열다섯 살의 나이에 장가를 갔으니 서모와 지낸 세월은 겨우 3년에 불과했다. 하지만 그 3년의 세월 동안 헌신적이었던 서모를 보면서 마음에서 우러나오는 감명을 받았을 것이다. 정성껏 돌봐주는 서모 덕분에 마음의 안정을 찾아 공부에도 전념할 수 있었으리라.

특히 정약용이 유배를 가게 되었을 때는 서모가 매일을 하루같이 기도를 하며 눈물로 밤을 지새웠다고 한다. 그녀는 오십의 나이에 세상을 떠났는데, 당시 정약용은 강진에서 기나긴 유배생활을 하고 있었을 때였다. 서모는 죽는 순간에도 친자식처럼 돌보고 키웠던 그를 보고 싶은 마음이 간절했지만 그녀의 바람은 이루어지지 못했다. 서모가 세상을 떠났다는 소식을 들은 정약용은 비통한 마음을 가눌 수 없었다. 비록 서모였지만 자식으로서 곁을 지기지 못했다는 마음에 더욱 큰 슬픔에 빠졌다. 정약용이 서모에게 쓴 묘지명은 그래서 더욱 애잔하다. 그녀의 고달팠을 인생이 고스란히 담겨 있고 서모와의 짧지만 깊었던 추억도 회상한다. 또한 자신에게 베풀어주었던 그녀의 헌신에 감사하는 마음까지 모두 담아냈다.

정약용은 이십여 편의 묘지명을 남겼다. 자신의 묘지명을 비롯해 서모와 며느리들, 그리고 일찍 죽은 자녀들 묘지명까지 있다. 그러나 친어머니를 비롯해 세 명의 서모가 있었음에도 불구하고 그는 서모 김씨의 묘지명만 남겼다. 그만큼 정약용에게는 마음속에 가장 크게 자리를 잡았던 분이었다. 자신의 자리를 묵묵히 지키며 친모의 빈자리를 채워주었던 그녀는 정약용에게 진정한 어머니임이 분명하다.

백모는 저의 어머니 같으신 분입니다

황현이 큰어머니에게

혈연 중심의 사회였던 조선에서 친족의 의미는 굉장히 중요하게 여겨졌다. 가족이나 친척 단위의 행사도 많았던 만큼 교류도 빈번했다. 그러니 사촌지간이라면 친형제나 다를 바 없었다. 큰어머니나 작은어머니는 언제든지 어머니의 부재를 메워줄 존재이기도 했다. 그래서 낳지는 않았어도 피 한 방울 섞이지 않았어도 '어머니'라 붙일 수 있었다.

구한말의 역사를 이해하는 데 중요한 저작으로 평가되고 있는 『매천야록』의 저자 매천梅泉 황현1855~1910은 어머니만큼이나 큰어머니와 각별한 사이였다. 큰어머니와는 서로 이웃하여 살았는데 나중에 매천 가족은 광양으로 이사를 하고 큰어머니는 할머니와 함께 구례의 천변으로 이사를 가면서 떨어져 살게 되었다. 그러다 공부를 하기 위해 매천만 천변의 서당으로 보내지면서 큰어머니와 함께 살게 되었다.

어린 매천은 가끔 큰어머니의 치마끈을 잡고 떼를 쓰며 울기도 했는데 그럴 때면 백모는 빙그레 웃으며 그를 달래주었다. "네가 아직 나이가 어리니 지금은 괜찮지만 몇 해 뒤에는 이러면 안 된다" 하며 안아주곤 했다. 그렇게 상냥하게 달래주는 큰어머니의 자애로운 표정이 좋았다. 친어머니가 그다지 생각나지 않을 정도로 큰어머니와 사는 것이 즐겁고 좋았다고 하니 큰어머니가 얼마나 살뜰하게 보살폈는지 짐작할 만하다. 그런 각별함으로 그가 큰어머니의 제문을 쓰게 되지 않았을까.

> 백모는 어린 나이에 어미와 떨어진 저를 불쌍히 여겨 맛있는 음식이 있으면 반드시 먼저 먹이셨습니다. 잠을 잘 때에도 더운 여름이면 서늘한 자리를 비워두셨고, 추운 겨울에는 따뜻한 자리를 마련하여 "이곳은 아무개의 자리다" 하면서 종형을 꾸짖어 다투지 못하게 하셨습니다.
>
> 계사년1893, 고종30 이전까지, 소자는 어머니가 계셨지만 백모님을 어머님처럼 따랐고 백모도 아들이 있었지만 소자를 아들처럼 여기셨습니다. 그렇게 30년이 흐른 뒤에 백모는 아들을 잃고, 소자는 어머니를 잃었습니다. 백모께서는 소자를 아들로 여기시며 의지하셨는데 제가 그 뜻을 다 받들지 못해 부끄러울

뿐입니다. 이제는 더 이상 계시지 않으니, 천지 사이에 너무나 두려워 어떻게 살아가야 할지 모르겠습니다.

『매천속집 제2권』 '백모 왕 유인에게 제사 지낼 때의 제문' 일부

가족으로 맺어진 인연이고, 키워준 정이 있으니 매천에게 큰어머니는 남다를 수밖에 없었다. 공부 때문에 부모와 떨어져 지내는 그에게 어머니 역할을 해준 큰어머니였다. 그랬으니 나이가 들어서도 큰어머니를 찾았던 것이다. 큰어머니 역시 매천의 방문을 기다렸다. 조금 늦기라도 하면 "아무개가 당도할 날이 지났는데 오지 않는구나" 하면서 문밖에서 시선을 떼지 못했다. 그러다가 매천이 도착하면 아픈 곳이 없나 살피고 환하게 웃으며 반겼다. 이젠 늙었는지 괜히 걱정만 늘었다고 자신을 탓하기도 하면서도 매천을 보는 눈에는 언제나 정이 넘쳤다. 나중에 매천이 소과에 급제하자 그녀는 자신의 아들이 급제한 것처럼 기뻐했다.

네 백부가 초시初試에 합격하고 바로 돌아가시어 내가 평생 한으로 여겼는데, 지금 네가 그것을 이루어주니 조금 위안이 된다. 네가 내 자식보다 나으니, 참 효자다.

큰어머니의 칭찬 한마디에 매천도 어깨가 으쓱해지는 기분이었다. 그러나 호사다마라고 했던가. 임진년1892, 고종29 여름에 매천의

아버지가 죽고 계사년1893 2월에는 그의 어머니마저 세상을 떠나고 말았다. 잇따른 부모의 죽음으로 황현은 슬픔을 감당할 수 없을 정도로 무너지고 말았다.

그런데 큰어머니도 매천과 같은 슬픔에 빠지게 되었다. 큰어머니의 하나뿐인 아들, 매천의 사촌형이 죽음을 맞이했다. 큰어머니는 그 충격으로 정신을 놓기도 했다. 매천이 하루건너 한 번씩 큰어머니의 집을 찾았는데, 오히려 자신이 폐가 될까 걱정했던 그녀였다. 그러다 큰어머니는 세상을 떠났다. 그는 사촌형을 대신해 극진히 장례를 치렀다. 그에게는 제2의 어머니나 다름없을 정도로 큰어머니를 사랑했고 효를 행했다.

나라를 잃은 슬픔, 그것은 사랑했던 이들을 잃은 절망감과 다르지 않을 것이다. 아니 그보다 컸던 모양이다. 사랑하는 가족들을 먼저 보내고 나라마저 잃은 상황이 되자 황현은 스스로 목숨을 끊었다.

> 짐승도 슬피 울고 산하도 찡그리니
> 무궁화 세상은 이미 망해 버렸구나
> 가을 등불 아래서 책 덮고 회고해보니
> 세상에서 지식인으로 살기 부끄럽구나
>
> 『매천집 제5권』 '경술고 절명시絶命詩 4수중 2수' 일부

1910년 8월 29일, 그날은 국권을 상실한 날로 국가적 치욕이라는 의미에서 경술국치庚戌國恥라고 부르는데, 대한제국의 통치권이 일본으로 넘어간 치욕적인 날이었다. 매천 황현은 더 이상 살아 있음을 부끄럽게 여기고 자결하고 만다. 그의 절명 시에서도 나온 말이지만 부끄러움을 아는 사람이 효도도 할 줄 안다. 부끄러움을 아는 것은 인간의 도리를 안다는 것이기 때문이다.

제가 살아있는 것은 이모 덕분입니다

안정복이 이모에게

가족이란 말에는 참으로 많은 의미가 부여된다. 가족 안에서 불리는 백모, 숙모, 고모, 이모 등에는 모두 '어미 모母'가 들어간다. 비록 어머니가 곁에 없어도 가족 안에서 많은 관계들이 어머니를 대신해준다. 어머니의 빈자리를 채워줄 많은 어머니들, 가족이기에 가능한 자리이다.

조선 후기의 실학자이자 역사학자였던 순암 안정복1712~1791은 어린 시절부터 병치레가 많았다. 병약했던 그는 부모를 의지하는 마음이 컸다. 그래서 어머니가 세상을 떠났을 때는 하늘이 무너지는 슬픔을 맛보아야 했다. 그래도 견딜 수 있었던 것은 어머니를 닮은 이모가 있었기 때문이다. 이모는 또 다른 어머니다. 그런 이모를 다른 세상으로 보내야 했던 안정복의 마음은 어땠을까?

지난해 8월, 어머님께서 돌아가셨는데 어머니가 안 계시니 누구를 믿어야 합니까. 다행히 이모가 계시기에 어머님처럼 섬기며 죽을 때까지 우러러 의지하려고 했는데 이모께서는 기다려주지 않으시고 갑자기 저를 버리고 돌아가셨습니다.

어머니의 병이 위독할 때 이모께서 와 보시고 모든 방법을 다 동원하여 간호를 하셨으나 끝내 돌아가시고 말았습니다. 이모께서는 슬픔으로 거의 몸을 가누지 못했고, 무덤에 함께 묻을 물건을 직접 정성껏 챙기셨습니다.

소자가 기이한 병에 걸려 어머니의 상을 치를 때 혹시 쓰러지지 않을까 염려하여 항상 옆에서 돌봐주셨습니다. 앞날이 막막한 저에게 너그러운 마음으로 말씀해주시고 살길을 일러 주셨으니 오늘날 제가 살아있는 것은 모두 이모 덕분입니다.

지난겨울 나라 안에 전염병이 돌아 이모께서도 병에 걸렸는데 계절이 지나도록 회복되지 않으셨습니다. 하지만 심하지 않아 곧 나을 것이라고 여겼는데 이렇게 갑자기 흉한 소식을 듣게 되었습니다.

『순암선생문집 제20권』 '이모에게 올리는 제문'

안정복의 어머니가 위독해지자 이모가 달려와서 지극정성으로 병구완을 했다. 하지만 결국 어머니는 세상을 떠나고 말았다. 안정복과 이모는 큰 슬픔에 잠기게 되었다. 하늘이 무너질 것 같은 부모의 죽음과 몸 반쪽이 떨어져 나가는 슬픔인 형제의 죽음은 서로를 의지하게 하지 않았을까.

이모는 또 다른 어머니라고 이모가 먼저 정신을 차리고 안정복을 살폈다. 슬픔은 속으로 삼키고 혹시라도 아픈 조카가 슬픔을 못 이겨 쓰러지지 않을까 노심초사하며 그를 달랬다. 아마 그때 안정복은 안 좋은 생각을 하고 있었는지도 모른다. 몸도 고달프고 고통스러운데 의지하던 어머니마저 떠났으니 더 이상 세상에 미련이 없었을지도 모른다. 식음을 전폐하고 이대로 차라리 죽었으면 하는 모진 생각도 품었을 것이다.

그런 조카의 마음을 눈치 챈 이모는 옆에서 끊임없이 그를 위로하며 한시도 떨어지지 않고 보살폈다. 그러면서 살아야 하는 이유를 끊임없이 말해주며 용기와 희망을 주었다. 그런 이모 덕분으로 마음을 다잡은 안정복은 이모를 어머니처럼 의지하고 살았다. 어머니와 자매였으니 생김새도 비슷하였으리라. 이모이기도 하지만 때론 어머니를 보듯 바라보곤 했다.

안정복의 이모는 어떤 사람인가. 일찍 과부가 되어 어린 자식과 시어머니를 모시고 사는 여인이었다. 가난하여 굶주리는 상황에서도 언제나 어른을 잘 모시고 자식을 기르는 데 정성을 다했던 강한 여인이었다. 그랬기에 전염병이 돌아 이모가 병에 걸렸어도 크게 걱정하지 않았다. 한철이 지나도록 회복이 되지 않았지만 이모는 여느 때와 마찬가지로 자신의 일에 소홀함이 없었다. 그래서 곧 나을 줄 알았다. 심하지 않으니 툭툭 털고 다시 굳센 여인으로 돌아올 줄 알았다.

게다가 하나밖에 없는 이모의 아들도 병이 깊은 상태였다. 그러니 아들을 위해서라도 이모는 죽을 수 없었다. 안정복을 죽음의 위기에서 살렸듯이 이모는 아들도 그렇게 치료할 것이라고 믿었다. 하지만 심각하지 않을 거라고 믿었던 이모의 병은 이미 골수에 파고든 상태였다. 그것을 아무도 눈치 채지 못했을 정도로 이모는 의지가 강했다. 하지만 결국 철의 여인과도 같았던 이모는 끝내 일어나지 못하고 눈을 감았다.

> 병환 중에 가서 간호도 해드리지 못하고 염을 하여 관에 모실 때도 가보지 못했습니다. 그런데 장례 지내는 날 장지에도 따라가지 못했으니 소자의 병을 이모께서 알고 계신다 하여도 슬픔은 끝이 없습니다.

날벼락 같은 소식에 안정복은 비통한 마음에 어찌할 바를 몰랐다. 자신의 몸도 병이 깊은 상태라 아프다는 소식을 듣고도 찾아가지 못했다. 그뿐인가, 이모의 부음을 듣고도 그저 방 안에 누워 눈물만 흘려야 했으니 가슴이 미어졌을 것이다. 어머니처럼 따르던 이모이건만 장례식에도 참석하지 못하는 자신의 신세가 얼마나 처량했을까.

안정복은 안동권씨 족보 서序를 썼는데, 그가 말하는 친족의 의미를 되새겨볼 수 있다. 그의 이모가 남이 아닌 이유이기도 하다.

> 아버지가 같으면 형제이고, 할아버지가 같으면 당종堂從이고, 증조가 같으면 대공大功:9개월간 복과 시마緦麻:3개월간 복의 상복喪服을 입는 일가一家이며, 5세世면 면복免服의 일가이다. 이를 지나면 점차 소원해져서 친척관계가 없어지지만 그 시초를 따져보면 모두 한 몸으로부터 분리되어 나온 몸인 것이다. 한 사람의 몸에서 같이 태어남은 한 나무 가지가 한 뿌리에서 같이 나옴과 같은 이치이고, 물의 유파流波가 한 수원水源에서 같이 흘러나온 것과 같다. 이 때문에 조상의 입장에서 보면 아무리 소원한 친척이라도 동일한 뿌리의 자손이고 화목하게 친하기를 바라는 것이다.

정성을 다하여 모시려고 했는데

김육이 고모에게

부모를 일찍 잃고 고모의 손에서 자란 조선 중기의 문신 김육 1580~1658에게 고모는 어머니나 다를 바 없는 존재였다. 고모를 부모님처럼 의지하며 살았던 김육은 연이어 8년 동안이나 집안사람들의 죽음으로 상을 치러야 했다. 상을 치르느라 제대로 먹지도 잠을 자지도 못했다. 슬픔과 고통으로 몸은 점점 쇠약해지고 마음도 나약해졌으리라. 결국 몸이 견디지를 못하고 쓰러지고 말았다. 나중에는 죽음을 체념하듯이 모든 것을 받아들이고 자신도 어서 죽기를 기다렸는지도 모른다. 자고 나면 또 사랑하는 누군가의 죽음을 맞이해야 하는 고통을 더 이상 당하고 싶지 않았을 것이다.

제대로 몸도 가누지 못하고 누워 있는 조카 김육을 바라만 봐야 하는 고모의 심정은 더욱 애가 탔으리라. 자신의 몸을 돌볼 시간도 없이 조카를 살려야 한다는 의지 하나로 버텼을 것이다. 그런 고모의 마음을 알기에 김육의 편지는 더욱 슬픔을 자아낸다.

> 내가 뜻밖에도 조상들의 보살핌과 고모의 따뜻한 손길로 잘 자라서 재상의 반열에까지 오르게 되었습니다. 고모는 항상 나에게 말하기를 "네가 일찍 부모를 여의고도 이렇게 잘 자란 것을 나만 보았구나. 내가 죽어서 하늘에 가게 되면 나의 부모와 너의 부모에게 자랑할 것이다"라고 했습니다.
>
> 나는 고모를 부모님처럼 봉양하여 반포反哺하는 정성을 다하려고 했는데, 갑자기 돌아가시고 말았습니다. 그때 마침 나라의 명으로 서쪽에 나가 있었기 때문에 고모의 임종을 보지 못했으니 이것은 내 목숨이 다할 때까지 아픔으로 남을 것입니다. 고모의 말씀을 공손하게 받들어 이 비갈碑碣을 세워 기록하는 바입니다.
>
> 『잠곡유고 제12권』 '고모인 의인 청풍 김씨의 묘표' 일부

사랑하는 사람들의 연이은 죽음은 살아 있는 사람의 의지마저 꺾고 만다. 차라리 자신도 죽어 그들 곁으로 가고 싶다는 생각을 하게 되는 것이다. 김육이 병으로 누웠다고는 하나 그 이면에는 이런 생각들로 가득 찼을 것이다. 살고자 하는 마음이 없으니 병은 더욱 의기양양하게 그의 몸을 침범했으리라.

너는 우리 집안의 종손宗孫이니, 네가 죽으면 우리 가문은 끊어진다.

식음을 전폐한 그의 귀에 문득 들려온 고모의 한마디는 간절하면서도 단호했다. 고모의 말에 정신이 번쩍 든 것은 당연했다. 그는 자신을 위해 뜨거운 눈물을 흘리는 고모를 그동안 외면하고 절망에만 빠져 있었던 것을 후회했다. 고모도 자신만큼 힘들었을 텐데 혼자만의 슬픔에 빠져 또 한 번 불효를 저지를 뻔했다.

언제나 어머니처럼 따뜻한 손길로 이마의 땀을 닦아주고 부드러운 눈길로 자신을 바라보는 고모다. 그런 고모에게서 어찌 어머니의 정을 느끼지 않을 수 있겠는가. 한순간이라도 세상의 끈을 놓으려고 했던 마음을 부끄럽게 여겼을 것이다. 고모의 헌신적인 간호와 사랑으로 다시 정신을 차릴 수 있었다.

김육은 고모의 지극한 정성으로 건강하게 자라 결국 재상의 자리에까지 오르게 된다. 고모의 소원은 그저 종손이 건강하게 잘 자라 가문이 끊어지지 않는 것이었다. 그런데 가문에 영광스러운 일까지 생겼으니 그 기쁨은 이루 말할 수가 없었을 것이다. 이제는 죽어서도 조상 앞에서 자신이 떳떳할 수 있게 된 것이다.

네가 조실부모하고서도 잘 성장한 것을 오직 나만 보았구나. 내가 죽어 저승에 가면 나의 부모와 너의 부모에게 네가 잘 자라 가문을 빛냈다고 말할 것이다.

건강하게 잘 자라준 것도 감사할 일인데 높은 벼슬까지 하게 되었으니 죽어도 여한이 없단다. 오히려 편안히 눈을 감을 수 있고 저승에 가더라도 떳떳할 수 있으니 행복이라고 말한다. 지금까지 자신이 미천한 목숨을 보전한 것은 가문의 대를 이을 조카를 보필하라는 조상의 은혜라며 눈물 흘린다.

고모는 남편을 일찍 잃었고 자식마저 없었다. 그랬기에 김육에게 쏟는 마음은 자식을 대하는 마음과 별반 다르지 않았다. 그녀는 남편이 죽자 따라서 죽기를 자처했다. 남편의 2주기는 지켜야 했기에 미음으로 실낱같은 목숨을 부지하고 있었다. 이렇게 죽기를 각오했던 그녀를 돌려 세운 것은 김육이 아니었을까? 고모가 자신에게 했던 것처럼 아마 고모를 설득하고 애원하며 눈물 흘렸으리라. 그런 조카를 외면할 수 없었던 고모는 한평생 근검절약하며 오로지 김육의 뒷바라지에만 전념을 했다.

그는 고모를 부모님처럼 모시며 반포은反哺恩:자식이 커서 부모를 봉양함을 하지 않을 수 있겠는가. 하지만 그가 나라의 명으로 멀리 나가 있는 상황에서 고모의 부음을 들었다. 김육은 가슴이 막히고 하늘이 무너져 내렸으리라. 그것도 자신이 없는 상황에서 돌아가신 것이니 그의 가슴은 찢어진다. 죽을 때까지 가슴에 한으로 남을 거라는 그의 울부짖음이 아직도 들리는 듯하다.

4장

나의 반쪽이여!

고분지탄鼓盆之嘆

부부가 한평생 살다가 어느 한쪽이 먼저 세상을 떠난다면 남은 한쪽은 어떤 마음일까?

고분지탄鼓盆之嘆, 물동이를 두드리며 서러워한다는 뜻으로 아내를 잃은 슬픔을 표현한 말이다. 큰 대접을 두드리는 슬픔이라고 하여 고분지척鼓盆之戚이라고도 하고, 고분지통鼓盆之痛이라고도 한다. 중국 전국시대의 사상가인 장자가 쓴 『장자莊子』 '지락편至樂篇'에서 나온 말이다.

혜자라는 사람이 친구 장자의 아내가 죽어다는 소식을 듣고 조문을 갔는데, 장자는 동이를 두드리며 노래를 부르고 있었다. 그 모습을 본 혜자는 부인이 죽었는데 슬퍼하기는커녕 노래를 부르는 것은 너무하다고 타박을 했다. 그러자 장자는 이렇게 말했다.

"본래 생명이라는 것은 사계절의 변화처럼 돌고 도는 것이네. 이제 다시 자연으로 돌아가 편히 쉴 텐데 통곡을 하는 것은 옳지 못하다네. 하여 울음 대신 동이를 두드리는 것이네."

그렇게 아내가 죽었을 때 곡을 하는 대신 동이를 두드리며 슬퍼한 장자의 고사故事에서 나온 말이 '고분지탄'으로 아내를 잃은 아픔을 표현한 말이다. 반대로 남편을 잃은 아내의 슬픔을 표현한 말로 '붕성지통崩城之痛'이 있다. 성이 무너질 정도의 커다란 통곡을 뜻하는 말이다.

얼마나 아내에게 주고 싶었던 부인첩인데

허균이 부인에게

'조강지처糟糠之妻'라는 말이 있다. '술지게미와 쌀겨로 끼니를 이을 때의 아내'라는 뜻으로, 몹시 가난한 시절 고생을 함께 겪어온 아내를 이르는 말이다. 『후한서後漢書 송홍전宋弘傳』에 나오는 말이다.

후한 광무제光武帝는 누님이 과부가 된 것을 안타깝게 여겼는데, 누님이 송홍이라는 신하를 마음에 두고 있는 것을 알고 송홍에게 의중을 물었다. 그러자 송홍은 "신은 가난할 때 친했던 친구는 잊어서는 안 되고, 지게미와 쌀겨를 먹으며 고생한 아내는 집에서 내보내지 않는다고 들었습니다"라고 대답했다. 이 거절의 대답에서 나온 게 조강지처의 유래이며, 보통 처음 결혼한 아내를 말한다.

조선 중기의 대표적인 문장가 허균1569~1618과 아내는 어린 나이에 부부의 연을 맺었다. 허균은 장난이 심했던 모양이다. 가끔 아내에게 철없는 행동을 하거나 짓궂은 농담도 잘 했다. 하지만 아내는 남편의 장난을 인자한 미소로 받아넘기며 사이좋게 지냈다. 가난한 살림을 억척스럽게 꾸리며 시부모 봉양도 게을리하지 않았던 착한 아내였다.

허균은 임진년1592, 선조25에 왜적을 피해 가족과 피난길에 올랐는데 그때 아내는 임신 중이었다. 만삭의 지친 몸으로 단천端川에 이르렀을 때 아내는 아들을 낳았다. 그러나 기쁨도 잠시였고 이틀 후에 왜적이 갑자기 마을로 들이닥치고 말았다. 더 이상 그곳에 머물 수가 없어서 허균은 아내와 어머니를 모시고 다시 밤새 고개를 넘어야 했다. 해산한 지 이틀밖에 되지 않았던 아내는 거의 정신을 차리지 못하고 말도 못할 지경이었다. 점점 밀려오는 왜군을 피해 몸을 추스를 시간도 없이 이리저리 피난을 다니다가 아내는 결국 숨을 거두고 말았다.

허균은 정신을 차리지 못할 정도로 슬픔에 빠져 있었다. 왜군이 코앞까지 닥쳤어도 그는 아내를 잃은 고통으로 아무것도 할 수가 없었다. 사람들의 재촉에 짐을 실었던 소를 대충 팔아 관을 샀지만 수의를 마련할 길이 없어 깨끗한 옷으로 대신 염斂을 했다. 그런데 아내의 몸이 아직 따스했다. 아무리 급박한 상황이지만 차마 온기가 남아 있는 아내를 차가운 땅 속에 묻을 수가 없어 허균은 또 망연자실 눈물을 흘렸다. 그때 아내의 나이는 스물두 살로 허균과 결혼을 한 지는 8년째였다. 아내가 낳은 아들도 오랜 피난생활과 젖을 먹지 못한 탓으로 일찍 죽고 말았다.

기유년1609, 광해1에 내가 당상관堂上官으로 관직이 올라 형조참의刑曹參議로 임명이 되니 예를 따라 숙부인으로 추봉追封:죽은 뒤에 내리는 직위하게 된 것이다. 당신처럼 맑은 덕행으로도 오래 살지를 못했고 대를 이을 아들도 없으니 하늘도 믿을 게 못 된다.

우리가 가난할 때, 당신과 마주앉아 짧은 등잔심지를 돋우며 반짝거리는 불빛 아래에서 책을 읽다가 내가 싫증이라도 내는 날이면 당신은 장난으로 "게으름 부리지 마십시오. 나의 부인첩夫人帖:남편이 큰 벼슬을 할 때 나라에서 고생하며 내조한 부인에게 주는 첩지이 늦어집니다"라고 했는데 18년이 지난 뒤에야 이렇게 쓸모없는 한 장의 교지 부인첩만을 당신의 영전에 바치게 되었다.

『성소부부고 제15권』 '문부12 행장, 망처 숙부인 김씨의 행장' 일부

고진감래苦盡甘來라고 그렇게 바라던 벼슬도 하게 되었는데, 정작 함께 고생했던 그 아내는 지금 곁에서 행복한 미소를 지을 수가 없다. 아내가 그렇게 바라던 부인첩을 손에 들고 어찌할 바를 모르는 그는 그저 마음이 찢어질 뿐이다. 가장 힘겨웠던 시절을 같이했던 아내에 대한 깊은 사랑을 그는 버릴 수가 없다. 그가 아내에게 쓴 제문을 읽다 보면 알콩달콩 재미있었던 그의 부부생활이 그림처럼

그려지기도 한다. 읽는 이도 그런데 그것을 추억하는 당사자는 오죽할까.

허균이 관직에 오르자 그의 아내는 숙부인에 봉해지게 된다. 숙부인은 정3품 당상관의 아내에게 내리는 작위다.

> 아, 애통하구나. 정작 이 기쁨을 같이 누릴 사람은 나와 귀밑머리 마주 푼 짝이 아닐 줄을 어찌 알았겠는가.

아내의 영전에 부인첩을 바치고 허망함에 한숨을 쉰다. 얼마나 아내에게 주고 싶었던 부인첩이었는데, 손에 쥐어 줄 수가 없는 그 마음은 어떠했을까. 만약 아내가 살아 있다면 부인첩을 받고 뭐라 했을까. 이제는 더 좋은 부인첩을 달라고 다시 농을 했을지도 모른다. 그렇게 사랑스러운 아내는 간데없고 그 자리에는 다른 여인이 있다. 저승에서 보고 있다면 얼마나 속상할 일이겠는가. 장난스럽게 재촉하던 아내가 떠올라 허균의 마음도 시리고 아팠으리라.

내 마음을 흔든 것은 당신뿐이오

김정희가 아내에게

1840년, 조선 말기의 실학자 추사 김정희1786~1856는 제주도로 유배를 가서 위리안치圍籬安置되었다. 위리안치는 유배형 가운데 가장 혹독한 것으로 유배지에서 달아나지 못하도록 가시울타리를 만들고 그 안에 가두어두는 형벌을 말한다.

추사 김정희는 누구나 알고 있듯이 조선의 대표적인 서예가이며 금석학과 고증 분야에서 최고의 석학이었다. 다방면으로 뛰어났던 김정희는 그만큼 까다롭고 오만할 정도로 자신감이 넘쳐 미움을 사기도 했다. 세상에 거리낄 것이 없던 사람이었다.

그런 추사가 꼼짝 못하는 사람이 있었으니 바로 부인 이씨였다. 추사는 열다섯 살 때 첫 결혼을 했는데 5년 후에 부인이 죽자 스물세 살 되던 해에 열아홉 살이었던 예안 이씨와 두 번째 결혼을 하여 20년간 함께 살았다. 추사는 주위에서 손가락질을 받을 정도로 애처가였다. 그랬기에 어떤 고난에서도 흔들리지 않던 김정희가 아내의 죽음 앞에서 와르르 무너진 것은 당연한 일이었다.

> 아, 나는 지독한 형벌 앞에서나 먼 유배 길에서도 마음이 흔들린 적이 없는데 지금 부인이 세상을 떠났다는 소식을 듣고서는 가슴이 무너져 내리고 정신을 차릴 수가 없어서 아무리 마음을 잡아보려고 해도 소용이 없으니 이게 어찌 된 일이오.
>
> 예전에 내가 농담으로 말하기를 "만약 죽는다면 부인보다 내가 먼저 죽는 게 낫지 않겠소?"라고 했더니 부인은 크게 놀라 바로 귀를 가리고 멀리 달아나 들으려고 하지 않았소. 세상의 부녀자들이 크게 꺼리는 일이긴 하지만 이런 일이 많기 때문에 사실은 내 말이 모두 농담은 아니었소. 그런데 끝내는 부인이 먼저 죽고 말았으니 먼저 가는 것이 무에 그리 유쾌하고 만족스러워 나로 하여금 홀로 남게 한단 말이오. 푸른 바다와 끝없는 하늘처럼 나의 슬픔도 끝이 없구려.
>
> 『김정희, 완당전집 제7권』 '부인 예안 이씨 애서문'

그는 제주도에서 유배 생활을 하는 동안 부인에게 한글로 된 편지를 많이 썼는데 지금까지 남아 있는 한글편지만 해도 40여 통이나 된다. 대부분의 편지가 투정 아닌 투정이라고 할 수 있는 편지들이다. 입에 맞는 음식이 없다며 부인에게 반찬을 보내달라는 식의 편지다. 유배를 가기 전까지는 남부러울 것이 없던 김정희였으니 유배지의 거친 음식이 입에 맞을 리가 없었다. 그때마다 부인은 정성을 들여 남편이 좋아하는 반찬들을 마련하여 제주도까지 보내곤 했다. 하지만 서울에서 제주도까지가 어디 엎어지면 코 닿을 곳이던가. 반찬이 도착하기까지는 빠르면 두 달이고, 늦으면 일곱 달까지도 걸렸다고 하니 반찬이 온전할 리가 없었다. 그러면 김정희는 다시 편지를 보낸다. 이것은 짜고 저것은 상했고, 두툼한 것을 보내라는 등 그의 편지는 반찬투정 일색이었다. 그러면 아내는 다시 음식을 마련하여 보내곤 했다.

그의 아내는 젊은 시절부터 건강이 좋지 않았는데, 김정희가 유배를 간 사이에 건강이 점점 악화되었다. 그는 부인의 병을 걱정하며 빨리 낫기를 바란다는 내용도 항상 아울러 썼다. 그날도 아내의 건강을 걱정하는 내용으로 가득 찬 편지를 썼지만 부치기도 전에 이미 세상을 떠난 상태였다고 한다.

월하노인을 붙들고 명부에 하소연해서
다음 생에는 부부의 자리를 바꿔보리다
내가 먼저 죽고 당신은 천리 밖에서 산다면
이 슬픔 그대도 알게 되리라

'도망悼亡:죽은 아내를 생각하며 슬퍼함'

아내가 죽었다는 소식을 듣고 그는 미친 듯이 울부짖는다. 자신을 혼자 두고 떠난 아내를 원망하며 가슴을 친다. 그가 지은 '도망'이라는 시를 보면 아내의 죽음이 그에게 얼마나 충격적이었는지, 얼마나 고통스러웠는지 느낄 수가 있다.

그는 평소에도 아내에게 편지 쓰기를 좋아했다. 그때마다 자신의 속마음을 감추지 않고 아내에게 고스란히 내 보이는 귀여운 남자였다.

> 지난번에 길을 가던 도중에 보낸 편지는 보셨는지요. 그 사이에 인편이 있었는데도 편지를 보내지 않으니 부끄러워 아니한 것이옵니까? 나는 마음이 심히 섭섭하옵니다.

추사가 아버지와 지내며 한양에 있는 부인에게 쓴 한글편지의 일부다. 서른세 살 때 쓴 편지인데 인편이 있는데도 왜 답장을 하지 않았느냐고 볼멘소리를 한다. 아내의 답장을 얼마나 기다렸을까. 이제나 저제나 답장 오기만을 기다리는데 답이 없으니 답답한 마음에 다시 편지로 섭섭한 마음을 토로한다. 마치 연애를 하는 청춘남녀의 편지 같다.

김정희가 마흔세 살 때 평양의 유명한 기생 죽향과의 스캔들을 누이가 아내에게 일러바치자 가슴이 철렁 내려앉은 그는 부랴부랴 아내에게 편지를 썼다.

다들 잘 지내시고 별고 없는지요. 어린 것도 탈이 없는지 걱정되옵니다. 여기는 아버님께서 아프셔서 나도 3일경에 가다가 돌아와 병간호를 하고 있습니다. 당신께선 다른 의심을 할 수도 있사오나 이실누이의 편지는 다 거짓말이오니 곧이듣지 마옵소서.

짐짓 아닌 척 안부를 묻고 자신은 아버지가 아파 다른 곳에 한눈을 팔 시간이 없었다는 것을 은근히 강조하고 있다. 결국은 누이의 말이 다 거짓이니 절대 믿지 말라고 변명을 한다. 혹시나 부인이 속상해할까 봐 전전긍긍하는 모습이다. 이렇듯 아내에 대한 사랑이 깊었던 김정희에게 멀리 떨어져 있는 것은 정말 괴로운 일이었다. 그런데 그것도 모자라 아예 편지조차 보낼 수 없는 먼 곳으로 보내야 했던 추사의 고통은 바다보다 깊었을 것이다.

당신이 가지 않았더라면

변계량이 아내에게

사람들은 항상 뒤늦은 후회를 하고 '만약'이라는 단어를 흔히 사용한다. '만약'은 잃고 싶지 않은 간절함의 표현이다. 사랑하는 사람의 죽음 앞에서는 모든 것이 후회스럽기만 하다. 다시 되돌릴 수 있다면, 돌아가서 바꾸어 놓을 수만 있다면 하는 마음이 간절한 '만약'이다. 꿈이라면, 악몽이라면 눈을 뜨면 그만이다. 하지만 현실은 살아 있는 사람에게 있어 사랑하는 이의 죽음은 영원히 끝나지 않는 악몽일 뿐이다.

조선 전기의 문신 변계량1369~1430은 어린 아내를 친정으로 보냈다. 이제 만삭이 된 아내가 친정에서 편하게 아이를 낳게 하기 위함이었다. 떠나면서 아내는 반드시 아들을 낳아 대를 잇게 하겠다고 야무지게 말했고, 그런 아내가 사랑스러운 것은 말할 나위 없었다. 아내를 보내자니 아쉬워, 떠나는 뒷모습이라도 보이지 않을 때까지 눈에 담았다. 그게 마지막 모습이 될 줄 그 누가 알았으랴.

우리가 한평생을 같이 하기로 약속한 지가 겨우 두 해도 되지 않았는데 이게 무슨 일이란 말입니까. 당신이 지난번에 친정으로 돌아갈 때 용구龍駒의 동쪽에서 나에게 아들을 낳아 나의 대를 잇겠다고 하면서 떠났는데 갑자기 이렇게 될 줄을 생각이나 했겠습니까.

병이 들었을 때는 약을 지어주지도 못했고 죽을 무렵에는 곁에 있어주지도 못하고 겨우 시신만을 어루만지게 되니 나의 마음은 무너져 내립니다. 질병이 있을 때는 보통 사람들도 조심하는 법인데 하물며 임신을 하고 있었으니 치료에 힘을 다 쏟아야 할 상황이었습니다.

처음 당신이 죽었다는 소식을 듣고는 이것이 꿈인지 생시인지 분간이 가지 않았습니다. 옛날 생각이 나서 가슴만 아프고 슬퍼서 정신이 나간 듯했습니다. 당신이 친정으로 가지 않았더라면 혹시 이런 재앙을 피할 수도 있었을지 모른다는 생각을 했습니다.

사람의 생사와 오래 살고 일찍 죽는 것이 하늘에서 정해준 운명이고 이것은 오랜 세월 동안 변함없이 그러했습니다. 그러니 어찌 약으로 치료할 수 있으며 어찌 장소가 문제겠습니까. 내가 이것을 모르는 바가 아니지만 너무 슬퍼서 아무런 위로가 되지 못하고 있습니다.

『춘정집 제11권』 '아내 오씨吳氏에게 고하는 제문' 일부

생각 같아서는 가지 말라고, 집에서 아이를 낳으라고 말하고 싶었지만 아내에겐 친정이 더 편할 터였다. 그래서 차마 가지 말라는 말은 하지 못하고 삼킨 것이다. 아이를 낳고 다시 건강한 모습으로 아이와 돌아올 날을 학수고대하던 그였다. 그런데 그렇게 손을 흔들며 떠나보냈던 모습이 마지막이 되고 말았다. 웃으며 떠났던 아내는 차가운 시신이 되어 돌아왔다. 따스했던 아내의 온기는 사라지고 환하게 웃던 미소도 더 이상 볼 수가 없다. 그 모습에 말을 잃은 남편은 그저 차가운 아내의 시신만 끝없이 어루만지며 눈물을 흘릴 뿐이다.

처음 아내가 죽었다는 소식을 들었을 때는 꿈일지도 모른다고 부정했다. 꿈이라면 어서 깨어 아내를 맞이하고 싶은 심정이었을 것이다. 그러나 아내의 시신 앞에서 그 바람은 산산조각이 나고 말았다. 살아생전 사랑스러웠던 아내의 모습이 주마등처럼 스쳐 지나갔다. 처음 시집 올 때의 수줍음 많던 아내의 모습, 부끄러워하며 고개를 숙이던 모습, 남편이 아플 때면 근심어린 표정으로 간호를 하던 모습들이 떠올랐다. 아내의 임신으로 또 얼마나 행복했던가. 그 모든 것이 한순간에 추억으로 남겨졌을 뿐이다.

만약에 아내가 친정에 가지 않았더라면 아프지도 않고 죽지도 않았을지 모른다. 그런 생각을 하자 가지 말라고 붙잡지 않았던 자신이 원망스럽다. 부질없는 짓인 줄 알면서도 만약 다시 그때로 돌아간다면 절대 친정에 보내지 않았을 텐데 하는 생각에 한스러운 마음뿐이다.

변계량은 오씨 부인이 죽은 후 다시 들인 이씨 부인을 방에 가두고 생활했다고 한다. 문구멍으로 식사를 넣어주고 화장실도 가지 못하게 하여 방안에서 해결하게 했다. 그 일을 알게 된 이씨의 친정에서 아내를 데려가자 다시 박씨와 혼인을 한다. 그렇게 아내가 있으면서 또 아내를 들인 일로 사헌부의 탄핵을 받게 된다.

아내를 가두고 밖으로 나가지도 못하게 하다니 상식 밖의 행동이다. 변계량은 혹시 오씨 아내가 집을 떠나 죽은 것이 상처로 남은 게 아닐까 싶다. 만약 집을 못 나가게 하면 죽지 않는다는 엉뚱한 생각을 한 것은 아니었을까. 아내를 잃은 그 슬픔이 깊어 상식 밖의 행동을 한 것으로 보인다.

> 내가 병이 많은 점을 염려하여 두루 보살펴 준 공이 매우 컸는데 이제 누가 주관하고 누가 보살펴서 나를 건강하게 해주겠소.

그는 아내가 없는 빈자리가 얼마나 큰지 이렇게 한탄을 하며 통곡을 했다. 아마 오씨 부인은 세심한 부분까지 살뜰하게 챙긴 모양이다. 늘 완벽하게 보필을 하던 아내의 모습을 다른 아내에게도 강요를 하게 된 것은 아닐는지. 너무도 사랑했던 오씨의 죽음이 변계량의 행동을 기이하게 만들었다면 정말 안타까운 일이 아닐 수 없다.

그대를 생각하지 않는 날이 없을 것이오

조익이 아내에게

부부는 나이가 들어가면서 점점 서로를 의지하게 된다. 젊었을 때는 일에 바쁘고 자식들을 돌보느라 서로에게 소홀한 면도 있고 때로는 의견이 맞지 않아 다투기도 한다. 하지만 세월이 지나고 나이가 들어 품안에 있던 자식들까지 떠나고 나면 곁에 남는 사람은 오직 나의 아내, 나의 남편인 것이다. 그렇게 53년을 곁에 있어 준 아내가 한순간에 사라졌다면 그 허전함과 외로움을 어찌 말로 다 할 수 있을까. 마주 앉아 밥을 먹고, 같이 잠을 자고, 챙겨주던 아내의 빈자리는 블랙홀처럼 끝없는 그리움과 외로움을 만들어낸다.

조선 중기의 문신 조익1579~1655은 제문에서 자신을 외롭게 홀로 남은 그림자라고 표현하는 것을 보면 아내의 존재가 무척 중요했음을 알 수 있다. 얼마나 그리우면 빨리 따라가서 만나고 싶다고까지 했을까. 그에게 부인이 없는 세상은 하루도 더 있고 싶지 않은 삭막하기만 한 곳이었다.

그대와 부부의 인연을 맺은 지 어느덧 53년의 세월이 흘렀소. 서로 아끼고 중히 여기면서 함께 백발이 되었는데, 지금 그대를 잃고 말았으니 나의 비통함이 어찌 끝이 있겠소. 그대가 이제 영원히 이 세상을 떠나 다시는 볼 수 없게 된 것이 애통한 것은 물론이요, 나의 신세를 생각해보아도 고독하게 외로운 그림자만 남아 의지할 곳이 없게 되었소.

그러니 슬픈 생각을 그만둘 수가 없고 눈물을 금치 못하는 것 또한 당연한 일이라고 할 것이오. 다시는 그대를 볼 수 없지만 지금부터 죽는 날까지 그대를 생각하지 않는 날이 없을 것이오.

내 나이도 이제 칠십이 가까우니 세상에 있을 날이 얼마나 남았겠소. 이렇게 생각하면 이 세상에서 그대를 그리워할 날이 얼마 되지 않을 것이고, 내가 죽어서 당신 옆에 묻히면 같이 있을 날은 영원히 이어질 것이니 아무런 미련이 없소이다.

지금 당신은 지하에서 죽은 아이들을 만나 오랫동안 헤어져 있던 회포를 풀고 있을지도 모르겠구려. 나는 언제나 당신을 따라가 당신과 죽은 아이들을 만날 수 있을는지요.

『포저집 제30권』 '부인夫人에 대한 제문' 일부

그의 아내는 여덟 남매를 낳았다. 그 중 네 명을 잃었는데 그 슬픔 속에서도 남은 아이들을 챙기며 억척스럽게 살림을 꾸렸다. 가난한 살림이지만 자존심이 상당히 강한 여인이라서 남에게 빌리거나 구차하게 얻으려 들지도 않았다. 그런 아내가 믿음직스럽고 고맙고 애잔하였으리라.

조익은 살고 있는 마을에 전염병이 돌자 가족을 데리고 읍내로 피신을 갔다. 하지만 많은 사람이 병을 피해 읍내로 왔기 때문에 모친이 편하게 있을 집을 구하는 데 어려움이 많았다. 할 수 없이 아내만 남겨두고 조익은 노모와 서야瑞野의 집으로 돌아온다. 읍내와의 거리는 멀지 않았으나 전염병 때문에 길이 막혀 아내에게 편지를 전해 줄 인편이나 말을 구하기가 힘든 상황이었다.

남편이 없는 사이에 그의 아내는 병을 얻고 말았다. 아내는 병중에 남편을 그리워하며 보고 싶어 했는데 상황이 여의치 않았다. 간신히 아내의 소식을 접한 남편은 당장이라도 달려가고 싶은 마음이 굴뚝같았다. 하지만 노모를 두고 갈 수도 없거니와 전염병의 확산을 막고자 마을과 마을의 왕래를 금지했기 때문에 이러지도 저러지도 못하고 있었다. 그저 마음속으로만 아내가 병을 이기고 일어나기를 빌 뿐이었다.

서로 떨어져 있는 거리는 고작 십리밖에 되지 않았지만 세상에서 가장 긴 거리가 되고 말았다. 아내가 병을 털고 일어나기를 애타는 마음으로 기도했지만 무심한 하늘은 들어주지 않았다. 마음

놓고 간호도 못 해주는 사이에 영원한 이별을 맞이하게 되었으니 조익은 그저 한스러울 따름이었다.

우리는 여덟 남매를 낳았지만 네 명을 먼저 저 세상으로 보냈소. 그런데 최근 몇 년 사이에 집안에 안 좋은 일이 겹쳐 남아 있던 4남매까지 모두 잃고 말았소. 당신은 그 슬픔으로 항상 고통스러워했지요. 그래서 사람들은 모두 그대가 목숨을 잃은 것은 그것 때문이라고 말한다오. 하지만 슬픔 때문에 죽었다면 어찌하여 나는 아내까지 잃고도 살아 있단 말이오.

그는 세상에 더 이상 미련이 없었다. 어서 자신도 아내 곁으로 가고 싶을 뿐이었다. 저승에는 먼저 간 아이들과 아내가 만나 그동안 나누지 못했던 이야기들로 꽃을 피우고 있으리라. 조익도 어서 그들을 만나 다시 행복하게 웃을 수 있기를 바랐다.

우리의 애정은 굳건했지요

이상정이 아내에게

우리가 바라는 행복은 그리 큰 것이 아니다. 물론 이름을 날리고 성공을 하는 것이 행복인 사람도 있겠지만, 소소한 곳에서 느끼는 행복이 진정한 행복이 아닐까. 푸른 초원 위에 그림 같은 집은 아니더라도 아담한 집을 짓고 사랑하는 사람과 함께 한평생 살고 싶은 것은 아마 모든 이의 소망이 아닐까 싶다.

조선 후기의 학자 이상정1711~1781의 아내도 고달프고 힘들 때마다 그런 생각을 하며 버텼을 것이다. 남편 또한 그녀에게 말로만 약속하지는 않았다. 늘그막에 작은 집을 장만해 둘만의 한가로운 생활을 하고 싶어 하던 아내의 소원을 항상 마음에 담고 있었으리라.

처음 부인과 살림을 차렸을 때는 3~4년이 지나도록 서로 부끄러워하며 한 방에 있을 때는 마치 손님 대하듯이 하였지요. 그 모습을 보고 사람들은 혹시 부부간의 사이가 좋지 않나 의심을 할 정도였습니다. 허나 마음속으로는 서로를 애틋하게 생각하고 있다는 것을 그들이 어찌 알 수 있었겠습니까.

내가 젊을 때에 일찍이 부정한 여색을 가까이 한 적이 있었는데, 부인이 처음에는 모르는 척하다가 얼마 후에 천천히 말하기를 "남자가 젊을 때 이런 일이 있는 것은 이상한 일이 아닙니다. 차라리 소실로 두어서 받들게 하는 게 어떻습니까"라고 했습니다. 내가 그 말을 듣고 부끄러워 더 이상 그런 행동을 하지 않았으니 지금까지 구덩이에 빠지는 욕을 면한 것은 모두 부인의 도움 덕분입니다.

백년해로의 맹세가 바로 눈앞에 있는데 하루아침에 이렇게 이별을 하고 나니 홀로 남은 나는 어찌한단 말입니까. 당신이 세상을 떠난 다음 날, 당숙도 돌아가시고, 또 얼마 후에는 조카와 질부가 차례로 세상을 떠나 집안에는 슬픔만 가득 찼습니다. 사람이 목석이 아닌 이상 어떻게 견딜 수가 있겠습니까.

『대산집 제46권』 '부인 숙인 황씨에 대한 제문' 일부

아내는 가난한 집에 시집을 왔기에 고생이 많았다. 남편이라는 사람은 공부밖에 할 줄 아는 게 없었으니 산방山房이나 학사學舍에

있을 때가 많아 집안일을 돌보지 못했다. 그녀는 남편이 없는 집에서 시어른을 모시고 바느질과 길쌈으로 생계를 꾸려야 했다. 그래도 한마디 불평 없이 묵묵하게 자신의 일을 했던 아내였다.

그녀가 발을 동동 구르며 일거리를 찾아 헤매고, 먹을거리가 없어 굶주리는 동안 이상정은 공부를 한답시고 집을 비운 것도 모자라 밖에서 여자와 놀아났다. 그런 남편에게 잔소리조차 하지 않던 아내였다. 오히려 더 나아가 소실로 들이라고 등까지 떠미니 평범한 여인은 아니었다. 아내의 말에 부끄러움을 느꼈던 이상정은 그 후로 행동을 삼갔다고 한다. 바가지를 긁는 것보다 효과가 좋았으니 그녀는 지혜로운 여인이 분명하다.

> 산 깊고 물 좋은 곳에 두어 칸의 초가집을 짓고, 그대는 나무하고 나는 물 길으며 조용한 물가에서 노년을 보내는 것이 소원입니다.

어느 날, 공부하던 남편 옆에서 바느질을 하던 아내가 나지막하게 중얼거렸다. 이미 마음은 그런 곳에서 노닐고 있는지 입가에 잔잔한 미소까지 번진다. 아내의 말을 남편은 못 들은 척하면서 마음속으로 간직했다. 하지만 벼슬살이가 버리고 싶을 때 버릴 수 있는 것이 아니었다. 해야 할 일도 많고 또 욕심이 생기니 쉽게 놓을 수 없는 것이 그것이기도 하다. 그렇게 바쁜 일상에 쫓겨 아내의 소원은 차차 잊혀갔다.

다행히 젊어서 고생만 하던 아내는 늙어서야 그나마 마음이 편해졌다. 남편의 벼슬이 점점 높아져 형편이 나아졌기 때문이다. 아들은 건강하게 자라 장가를 들었는데 어진 며느리라서 마음이 놓인다. 게다가 며느리가 어여쁜 손자, 손녀까지 낳아주니 아내는 아이들의 재롱을 낙으로 삼으며 말년을 보낼 수 있었다. 그러자 아내의 소원은 또 바뀌었다.

> 부자父子보다 내가 먼저 가서 부자가 나를 장사해주면 내 한이 없겠습니다.

첫 번째 소원은 이루어지지 않았지만 남편과 아들보다 먼저 하늘로 가고 싶다던 소원은 슬프게도 이루어졌다. 처음 소원을 이루어주지 못한 남편은 그저 미안하고 후회스러울 뿐이었다. 이제 그의 소원은 어서 빨리 아내를 따라가 하늘에서라도 백년해로 하자던 약속을 지키는 것뿐이다. 그는 부인의 무덤 아래에 자신의 산소자리를 미리 마련했다. 아내를 오래도록 외롭게 홀로 두고 싶지 않은 마음이 간절할 뿐이다.

언제나 새색시와 같았습니다

이남규가 아내에게

부부라는 것이 참으로 묘하다. 다른 세상에서 다른 방식으로 살아왔지만 같이 살다 보면 어느새 닮아간다. 결국 나중에는 의리로 산다는 우스갯소리도 있지만 그 밑바탕에는 서로를 신뢰하는 마음과 사랑이 없으면 불가능한 일이다. 그리고 오래 산 부부일수록 속정이 깊다. 겉으로는 데면데면한 것 같지만 마음속 깊은 곳에서는 서로를 생각하는 마음이 남다를 수 있다. 말하지 않는다고 모르는 것이 아닌 그런 부부, 눈빛만으로도 그 마음을 이해하는 부부, 겉으로는 화를 내지만 실은 애정의 표현임을 아는 부부, 그것이 속정이 아닐까.

조선 말기의 항일운동가였던 이남규1855~1907의 제문은 그의 마음속에 아내의 존재가 얼마나 크게 자리 잡고 있었는지 알게 해준다. 이 제문은 다른 사람들의 글보다 매우 장문이다. 글을 보면 이 부부도 그렇게 재미있는 인생을 살지는 못했다. 알콩달콩한 흔적을 전혀 찾아볼 수가 없다. 하지만 이렇게 긴 글을 애정도 없이 쓰지는 못했을 것이다.

제사를 지냄에 있어 제문祭文이 있는 것은 슬퍼하기 때문이며 위로하기 위해서입니다. 그 슬픔이나 위로는 비록 제사를 받는 이를 위함이기도 하지만 제사를 지내는 이 또한 스스로 슬퍼하고 위안을 받기도 하는 것입니다.

집안의 대소사에서 혹시 잘못된 일이 생기면 나는 그것이 누구의 잘못임을 묻지도 않고 오직 부인만을 꾸짖었습니다. 게다가 조급하고 난폭한 버릇이 있어서 분노를 삭이지 못하고 왕왕 무섭게 화를 내면서 몰인정하게 굴었건만 역시 부인께서는 감히 한마디도 자신을 변명하는 말이 없었습니다.

집안에 근심이 많아 어찌 차마 시시덕거리며 아내나 자식들에 대한 즐거움을 가질 수가 있었겠습니까. 이 때문에 한가할 때에도 내실內室에 들어가는 일이 드물었고, 설혹 들어간다고 해도 초연悄然하게 한쪽 구석에 앉아 있으면 부인 또한 내 뜻을 알고는 일찍이 한담閑談을 늘어놓는 일이 없었답니다. 때로 술을 데워 내보낸다고 하더라도 여종을 시켜 이를 대신하였으며 한 번도 감히 직접 주고받는 일이 없었습니다. 그리하여 머리털이 사라지고 손자를 품에 안은 나이임에도 아직도 마주 대하는 품이 마치 사흘이 못 지난 새색시와 같았습니다.

『수당집 제8권』 '아내 정부인貞夫人 채씨蔡氏를 제사하는 글' 일부

조상의 제사를 지내는 날, 아내는 몹시 아팠지만 집에 찾아오는 손님과 친척들에게 한 치의 소홀함도 없이 대접했다. 손님들은 미안해하며 하기 힘든 일이라고 놀라워했지만 남편은 당연한 일이라고 말한다. 또한 조금이라도 못마땅한 구석이 보이면 아내를 꾸짖어 바로 잡게 했다. 물론 아내의 훌륭한 인품을 알고는 있으나 밖으로 드러내지 않았을 뿐이라고 말했지만 고달팠을 아내의 삶이 그려진다. 다혈질이었던 남편은 무슨 일이 생기면 누구의 잘못이든 간에 먼저 부인에게 화를 냈다. 그러나 한 번도 변명하거나 따져 묻지 않았던 아내이다.

사는 일로 머리가 복잡했던 이남규에게도 하소연 할 곳이라고는 당연히 아내뿐이었다. 이남규의 속사정을 알면 그의 분노와 묵묵히 받아주는 아내의 심정을 어느 정도 헤아릴 수 있지 않을까?

그는 처갓집 식구들과 함께 살고 있었는데 과부만 여섯이었다고 하니 그 답답함은 이루 말할 수 없었을 것이다. 아내는 처갓집 식구들을 먹여 살리는 남편을 더욱 지극정성으로 대했을 것이며 그의 뜻에 언제나 순종했을 것이다.

항상 집안을 둘러보면 마치 낮에 켜 둔 촛불처럼 생기가 없었습니다.

그의 표현이 적절하여 고개가 끄덕여진다. 그런 상황에서 어찌 아내나 아이들과 웃을 수 있었을까. 언제나 수심이 가득한 과부들이 있는 집에서 시시덕거리는 것은 불가능한 일이었을 것이다. 어쩌다 좋은 일이 있다 한들 그것을 밖으로 내보이는 것조차 눈치 보이고 불편했을 것이다. 하지만 아내의 병 앞에서는 그도 어쩔 수 없는 남편이었다. 아내가 위독하여 누워 있자 자식이 옆에 매달려 간호를 했다. 마음으로는 자신이 간호를 해주고 싶었으리라. 허나 하루아침에 지금까지의 성격이 변할 리가 있겠는가. 그저 속으로만 안타까워하며 자식이 간호하는 모습을 지켜볼 뿐이다.

입맛이 없는 아내는 자식이 입에 넣어주는 미음을 먹지 않았다. 그러자 퉁명스럽게 "당신이 먹지 않으니 아이도 밥을 먹지를 않고 있습니다. 조금이라도 들어서 아이가 밥을 먹도록 해야 하지 않겠습니까?" 하고 타박을 한다. 말은 밥을 못 먹고 있는 아이를 걱정하지만 속내는 미음조차 먹지 않는 아내에 대한 안타까운 마음을 에둘러 표현했던 것이다.

아들아, 내가 죽더라도 너무 슬퍼하지 말거라. 혹시 네가 병이라도 나면 아버지가 걱정하실까 염려스럽구나.

그것이 자식에게만 한 말일까. 남편이 슬퍼하다 병을 얻을까 염려했던 아내가 남편에게 한 말이기도 하다. 그 말을 듣고 남편은 결국 눈물을 흘리고 만다. 그동안 한 번도 서로 표현한 적은 없지만 마음은 이미 알고 있었다. 이것이 오래도록 함께한 부부가 아닐까 싶다. 부부란 말하지 않아도 상대방의 마음을 알게 되는 그런 사이이다.

그대로 두려고 합니다

김종직이 아내에게

한 사람을 진정으로 사랑한다는 것은 그 사람의 고통과 슬픔을 이해하고 함께할 수 있다는 전제에서 출발하지 않을까 싶다. 조선 전기의 성리학자 김종직1431~1492의 아내 사랑도 그렇게 시작되었다.

김종직의 아내는 결혼하기 전부터 불운한 삶을 살았다. 어려서 어머니를 잃었는데 그녀를 가엾게 여긴 증조모가 데려다 키웠다. 하지만 박복하게도 증조모마저 돌아가시고, 다시 외조모에게 맡겨졌다가 의지할 곳을 찾아 여러 차례 거처를 옮겨 다니며 자랐다. 불안정한 삶은 그녀에게 많은 상처를 주었으리라. 김종직과의 결혼으로 안정된 삶을 살지 않을까 싶었는데, 결혼 후에 3년 상을 두 번이나 치르게 되었다. 그래도 언제나 꿋꿋하게 잘 버티던 아내였는데, 딸 둘과 아들 다섯을 연이어 잃자 그만 의지가 무너져 내리고 말았다.

김종직은 아내를 사랑했던 것으로 보인다. 평생을 곁에서 고생한 아내와 말년을 행복하게 살고 싶다는 꿈을 꾸었다. 그래서 집을 새로 지었다. 마당에는 아내가 좋아하는 꽃들이 가득한 정원을 만들고, 물고기가 한가롭게 헤엄을 치는 연못도 꾸몄다. 그는 아내에게 이제 불행 끝 행복 시작이라고 외치고 싶었을 것이다.

그런데 아내가 없다. 함께 거닐 줄 알았던 넓은 정원에는 그 혼자 서 있다. 쓸쓸하게 서 있는 김종직은 아내와 함께한 가난했던 시절이 지금보다 오히려 행복했다고 생각한다. 그의 제문에는 먼저 간 아내에 대한 보고픔과 원망이 섞여 있다.

> 아, 나의 아내여. 어찌하여 그리 빨리도 나를 버렸습니까. 백년해로 하자던 그 약속이 겨우 삼분의 일밖에 지나지 않았는데 30년 동안 함께했던 배필과 하루아침에 영원한 이별을 하게 되었습니다.
>
> 음식을 만들 때는 항상 그대가 간을 잘 맞춰 조리를 했는데 명아주잎과 콩잎으로 만든 음식은 일품이었습니다.
>
> 나중에 벼슬살이를 그만두면 그대와 더불어 나물이나 캐고 낚시질이나 하며 서로 의지하면서 여생을 함께하려고 생각했습니다. 이제 그 계획이 코앞으로 다가왔는데 어찌하여 갑자기 세

상을 떠난 것입니까. 이제 막 새로 지은 집에는 아름다운 정원도 있고 맑은 연못도 있는데 그대가 없으니 이제 누구와 산책을 한단 말입니까.

적막하고 쓸쓸한 서쪽의 집은 그대가 살던 곳인데 옷과 이불과 목욕도구들을 살아 있을 때처럼 그대로 놓아둘 것입니다. 그대가 사용하던 음식도구들도 그대로 두려고 합니다.

『점필재집 문집 제1권』 '망처 숙인에 대한 제문' 일부

아이들을 잃고 상심이 컸던 아내는 늦은 나이에 아들을 얻어 그나마 생기를 다시 찾았다. 그런데 그 아들마저 다섯 살 되던 해에 또 세상을 떠나자 지병이 도지고 만다. 아내는 산후풍으로 어혈이 뭉쳐 항상 약을 먹어야 했다. 아이들을 낳은 후 제대로 몸을 돌보지 않아 생긴 병들이다. 가끔 병이 심해지기는 했지만 약을 먹으면서 차도가 있어 대수롭지 않게 여기고 약도 중단한 상태였다. 증상이 점점 사라지면서 시간이 지나면 차츰 나아지겠지 하는 안이한 생각에 마음을 놓았을 것이다.

김종직은 아내가 만든 음식을 좋아했다. 특히 그녀가 명아주잎과 콩잎으로 만들어준 요리는 제일 맛있었다고 회상한다. 아마 앞으로 다른 곳에서 그 음식을 먹게 되면 그는 제일 먼저 아내를 떠올리리라. 아내의 솜씨와 비교도 해보면서 또 그리워할 것이다. 한 번만이라도 아내의 음식을 다시 맛볼 수 있다면 여한이 없다고 생

각하리라. 아마 세상 어디를 간들 아내와 똑같은 맛을 낼 수 있는 사람은 찾지 못하기에 더욱 마음이 아파올 것이다.

늘그막에는 모든 관직을 내려놓고 아내와 더불어 편안한 여생을 보내려고 마음먹었던 그였다. 형편도 좋아져 집도 새로 짓고 있으니 곧 이사도 해야 한다. 새로 짓는 집에는 넓은 정원과 연못도 있다. 아내와 정원을 거닐며 연못에서 노니는 물고기를 바라보며 한가로운 오후를 보내는 것이 그의 꿈이다.

그런데 허무하게 아내가 세상을 떠나버리고 말았다. 병이 갑자기 도져서 손을 쓰기에는 이미 늦은 상태였다. 그는 막막했다. 아내가 낳은 두 딸은 아직도 어리기만 하다.

어미의 운명을 닮아 일찍 어머니를 잃은 딸들을 바라보는 김종직의 마음은 서글프기만 하다. 이제 딸들이 커서 시집을 갈 때 누가 짐을 꾸려 줄 것인가. 집안의 일꾼들을 다스리고 시키는 일은 누가 맡아서 한단 말인가. 새로 지은 집에는 정원도 있고 연못도 있지만 이게 무슨 소용이란 말인가. 그녀가 없는 넓은 집은 그저 삭막할 뿐이다.

그는 이사를 한 후에도 아내와 살던 옛집을 그대로 두고 찾아간다. 그곳에 가면 방에는 아내가 쓰던 물건들이 그 자리에 가지런히 놓여 있다. 그녀가 입던 옷이 걸려 있고 덮고 자던 이불은 곱게 개어져 있으며 바느질 그릇과 화장 도구들도 자리를 지키고 있다. 부엌도 마찬가지다. 그에게 음식을 해주던 아내의 살림도구들이 주인을 기다리며 생기를 잃었다. 다시는 이곳에 올 수 없는 아내지만 차마 남편은 모든 물건들을 정리할 수가 없어 그대로 두려고 한다. 평생 고생만 하던 아내의 흔적을 차마 지울 수 없기 때문이다.

5장

줄이 끊어지다

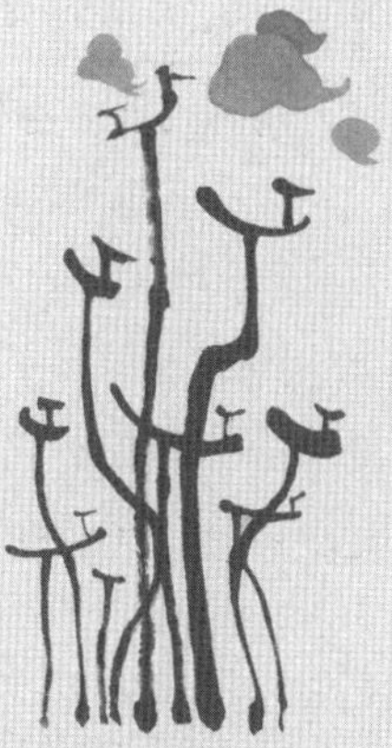

백아절현伯牙絕弦

'지음知音'이라는 말이 있다. 소리를 알아듣는다는 뜻으로 자기의 속마음을 알아주는 친구를 이르는 말이다. 중국 춘추시대 거문고의 명수 백아伯牙와 그의 친구 종자기鍾子期와의 고사에서 유래된 말이다.

백아는 거문고를 잘 타는 사람이었다. 그런 백아에게는 자신의 음악을 정확하게 이해하고 마음을 알아주는 절친한 벗 종자기가 있었다. 백아가 거문고를 뜯으며 높은 산들을 떠올리면 종자기는 그 음만을 듣고도 "하늘 높이 우뚝 솟은 느낌은 마치 태산처럼 웅장하구나"라고 백아의 마음을 알아챘다. 또한 큰 강을 생각하며 거문고를 타면 "도도하게 흐르는 강물이 마치 황허 강 같아라"라며 읊곤 했다. 이렇게 백아가 무슨 곡을 연주하든 그 뜻을 알아차리곤 한 것이다. 그런데 종자기가 갑자기 병으로 세상을 떠나고 말았다. 너무 슬픈 나머지 백아는 그토록 애지중지하던 거문고의 줄을 끊고 다시는 타지 않았다고 한다. 자신의 음악을 알아주는 이가 이 세상에 없다면 더 이상 아무 의미가 없다고 생각한 것이다.

그래서 '백아절현伯牙絕絃'이란 말이 생긴 것인데, 『열자列子』의 '탕문편湯問篇'과 『여씨춘추呂氏春秋』에 나오는 이야기로 백아가 거문고 줄을 끊었다는 뜻이다. 그때부터 자신을 알아주는 절친한 벗의 죽음을 슬퍼한다는 것을 '백아절현'이라고 한다. 또한 서로의 깊은 속마음까지 읽을 수 있는 진정한 우정을 비유할 때 인용되기도 한다. 줄여서 '절현'이라고도 하고 백아파금伯牙破琴이라고도 한다.

사람과 거문고가 함께 없어졌으니

홍대용이 연익성에게

홍대용1731~1783은 영조와 정조 시대를 살았던 실학자로 거문고 연주의 달인이었다. 그러다 보니 당대의 이름난 연주가였던 연익성과는 자주 만나 음악에 대해 토론하고 연주를 즐기기도 했다. 홍대용은 사람을 사귐에 있어서도 귀천을 두지 않았고 마음이 맞으면 모두 친구로서 대우해주었다. 그래서 그는 음악인 친구와 문학인 친구, 그리고 외국인 친구에 이르기까지 구분을 두지 않았다. 마음을 열면 모두가 벗이 될 수 있다는 것을 몸소 보여주었던 사람이다.

유독 음악을 사랑했던 그에게 같이 거문고를 연주하던 연익성의 죽음은 안타깝고 슬픈 일이었다. 연익성에게 쓴 제문 안에 담긴 아쉬움은 절절하기만 하다.

담헌湛軒 : 홍대용은 술 한 병과 초 두 자루, 돈 석 냥으로 음식을 장만하여 연사延師의 영혼에게 이별을 고하노라. 그대가 정녕 죽었는가, 그대는 원래 몸이 허약했으니 53년을 산 것도 다행이라고 할 수 있다. 비록 평생을 가난하게 살았으나 음악에 묻혀 평생을 즐겼으니 무슨 미련이 남았겠는가. 몸은 영관伶官 : 음악을 맡은 벼슬아치에 있었지만 뜻은 높은 선비와 같았고, 평생의 업적은 배우였지만 깨끗한 성품은 가을의 맑은 물과 같았다.

아, 그대의 어짐을 나만 아는데 애석하구나. 사람과 거문고가 함께 없어졌으니 다시 누구와 더불어 음악을 들을까. 30년 동안 이어진 우리의 우정이 이렇게 영원한 이별을 하는구나. 글자마다 눈물이 방울방울 맺히니 그대는 와서 보고 있는가.

『담헌서 내집 4권』 '연익성에 대한 제문'

연익성은 영조 때 궁중 음악인으로 중인의 신분이었다. 비록 신분의 한계를 벗어나지는 못했지만 그 뜻은 높은 선비와도 같았다고 한다. 홍대용은 세상을 떠난 친구 연익성을 위하여 좋아하는 술 한 병과 불을 켤 초 두 자루, 그리고 돈 석 냥으로 조촐하게 제물을 마련하여 마지막 인사를 한다. 다른 사람들의 구구절절한 제문에 비하면 무척 짧은 편으로 일부만 발췌한 것이 아니라 이 내용이 전문이다. 꼭 길어야만 마음을 다 표현할 수 있는 것은 아니다. 제문을 보면 간단하지만 연익성이 어떤 사람인지, 무엇을 했는지, 성격이 어떠하였으며 몇 살까지 살았는지 다 알 수가 있다. 그리고 연익성에 대한 홍대용의 심정까지도 헤아릴 수가 있다.

허약한 사람이 오십을 넘게 살았으니 그만하면 오래 살았다고 오히려 통명스레 말하는 글에서 애써 슬픔을 감추려는 홍대용의 마음을 엿볼 수 있다. 한편으로는 평생의 지기를 잃어 상실감이 클 자신을 위로하는 말이기도 하겠다. 좋아하는 음악을 실컷 즐겼으니 미련도 없을 것이라고 말한다.

함께 음악을 나누던 친구가 사라졌으니 그의 빈자리는 거문고를 탈 때마다 더욱 커질 것이고 그리움은 날로 깊어질 것이다. 연익성이 죽으면서 그의 거문고 소리는 더 이상 들을 수가 없으니 그저 안타까울 뿐이다. 짧은 저 제문 뒤에는 말로 표현할 수 없는 연익성과 홍대용의 음악사랑, 그리고 우정이 주렁주렁 넝쿨째 펼쳐져 있다는 것을 알 수 있다.

홍대용은 천안에 집을 두고 서울의 남산 기슭에 초가 하나를 지어 오가며 생활을 하였다. 서울의 초가를 '건곤일초정乾坤一草亭'이라고 불렀는데 사람들은 그의 집을 '봄이 머무는 언덕'이라는 뜻의 '유춘오留春塢'라고 부르기도 했다.

'건곤일초정'을 묘사해보면, 작은 초가집은 커다란 나무 그늘에 가려져 있고 마당에는 모래를 깔아 항상 깨끗하며, 작은 누각 안에는 서책과 악기를 갖추고 있다. 그들은 이 그림 같은 곳에서 차를 마시며 여유로운 시간을 보내곤 했다. 이곳에서 홍대용은 가야금과 거문고 등을 연주하고, 때때로 친구들과 어울렸는데 그의 음악 사랑은 친구들의 눈에도 대단하였다. 박지원이 지은 '하야연기夏夜讌記 : 여름밤의 음악회'에는 다음과 같은 글이 있다.

> 국옹麴翁과 함께 걸어서 담헌湛軒 : 홍대용의 호의 집을 방문했는데 밤이 되자 풍무風舞 : 김억도 왔다. 담헌이 거문고를 타자 풍무는 가야금으로 화답했다. 그러자 국옹과 이군은 갓도 쓰지 않은 맨 상투 차림으로 음악에 맞춰 노래를 부르기 시작했다. 밤은 깊어지고 구름이 사방으로 흩어지니 후텁지근한 더위가 조금은 가시고 거문고 타는 소리는 더욱 맑게 들려왔다.

참으로 멋진 풍경이다. 아마도 후텁지근했을 한여름 밤, 홍대용이 거문고를 타자 뒤늦게 온 김억이 가야금으로 답을 한다. 그 음악소리에 취해 국옹은 양반의 체면도 잊은 채 갓도 쓰지 않고 노래를 부르기 시작한다. 여름밤의 음악회가 그렇게 벌어진 것이다. 생각만으로도 더위가 달아나는 듯하다. 이렇듯 홍대용의 집에는 음악을 사랑하고 즐기는 사람들이 모여서 연주를 하고, 노래를 하고, 시를 읊으며 조촐한 모임을 자주 갖곤 했다.

그들의 연주는 언제나 약속이 있었던 것이 아니다. 어쩌다 보면 흥에 겨워 연주를 하고 그 장단에 맞춰 노래를 부르면 누군가는 춤을 춘다. 그럴 때마다 홍대용은 연익성과 눈을 맞추며 리듬을 타고 상대방의 마음을 읽었을 것이다. 그렇게 서로의 마음을 읽고 음을 맞추던 연익성을 더 이상 볼 수가 없다. 그뿐인가, 그와 함께 그가 타던 거문고 소리도 더 이상 들을 수가 없으니 더욱 안타까운 일이다. 그런 음을 낼 수 있는 것은 오직 연익성뿐이니 어디에서 다시 그의 소리를 들을 수 있겠는가. 글자마다 눈물이 방울방울 맺히는 것은 그것이 더욱 슬프기 때문이리라.

세상에서 가장 슬픈 죽음

이정구가 홍사고에게

이 세상에 슬프지 않은 죽음이 어디 있을까. 이 세상에 안타깝지 않은 죽음은 또 어디 있단 말인가. 죽음은 늘 남은 사람들에게는 아프고 고통스러운 법이다. 하지만 조선 중기의 문신 이정구 1564~1635가 친구의 죽음에 애통해하며 한탄하는 데에는 나름대로 이유가 있었다.

> 나의 친구 홍사고여! 사람이라면 누구라도 죽을 수밖에 없다. 하지만 누구든 그대의 죽음만 하겠으며 누군들 죽으면 슬프지 않으랴마는 그대의 죽음만큼 슬프지 않을 것이다. 그대의 모습은 아직도 눈에 보이는 듯하고 그대의 목소리는 여전히 귀에 들리는 듯하다.

술잔을 바라보면 아련히 떠오르고 시를 보면 또렷하게 그대의 모습이 보이는구나. 그대의 아들이 곡을 할 때는 나의 눈물도 멈추지 않았으니 내가 지금 그대를 위하여 울고 있는데 그대는 이런 나를 보고 있는가. 이렇게 애통할 때가 또 있단 말인가.

『월사집 제55권』 '홍사고洪師古 준遵에 대한 제문'

제문의 주인공인 홍사고洪師古 : 1557~1616는 자가 사고이고, 이름은 준이며, 호는 괴음槐陰이다. 동부승지와 공조 참의를 거쳐 성천부사成川府使가 되었다가 사직하였다. 그는 친구들과 어울려 술을 벗 삼아 시 짓기를 즐겨했다. 그렇게 그의 인생은 평탄할 줄 알았다.

하지만 1615년광해군7에 다시 나라의 부름을 받고 신천군수信川郡守가 되면서 그에게 불행이 닥치고 말았으니 친구를 잃은 이정구는 그저 기가 막힐 뿐이었다. 그가 나라의 부름을 받지 않았다면 그렇게 허무하게 죽지 않았을 테고, 그러면 지금쯤 같이 앉아 술잔을 기울이고 있었을 것이다.

홍사고가 신천군수가 된 이듬해 해주옥사海州獄事 사건이 일어난다. 하필 그와 이름이 비슷한 사람이 연루되었는데 동일인물인 줄 알고 홍사고가 감옥에 갇히고 만다. 그는 아니라고 항변도 해보았지만 소용이 없었다. 역모 사건이라면 이름만 거론되어도 살아남기가 힘든 시대였다. 그가 절대 아니라고 부인해도 아무도 들어주는 이가 없었다. 오히려 두둔했다가 자신도 화를 입지 않을까 몸을 사렸을 터였다.

그가 동명이인이라는 사실이 밝혀지기도 전에 감옥에서 병으로 세상을 떠나게 되었다. 아마도 고문을 견디지 못하고 죽음을 맞이한 것이 아닌가 싶다. 아무리 아니라고 발버둥을 치면 무엇 하겠는가. 문초라고 하는 것이 원하는 말이 나올 때까지 가혹한 형벌을 멈추지 않으니 말이다. 결국 고통을 못 이기고 원하는 말을 해준다 한들 끝날 문제인가. 죄가 밝혀졌다고 사형에 처하거나 심한 고문으로 인해 결국은 죽음을 맞이하게 된다. 그렇게 아무 잘못도 없이 고문을 당하다가 억울하게 죽은 사람들이 부지기수였다.

어디에 하소연 할 곳도 없는 이런 억울한 죽음처럼 허망한 것이 없다. 그가 다시 벼슬살이를 하지 않았더라면 죽지 않았을 것이다. 있지도 않았던 역모를 조작하지 않았더라도 그는 살아 있었을 것이다. 어떤 죽음이든 슬프지 않은 것이 없겠지만 무고한 죽음이야말로 정말 안타까운 죽음이며 남아 있는 사람들에게도 가장 큰 아픔일 것이다.

친구의 모습이 아직도 눈에 선하고 같이 술잔을 기울이며 시를 짓던 모습은 여전하다. 언제든 찾아가면 어제와 같은 목소리로 나의 이름을 부르며 반길 것만 같다. 친구의 아들이 슬프게 우는 모습을 보니 더욱 가슴이 미어져 눈물이 멈추지 않는다.

홍사고는 지방으로 발령이 나서 여러 고을을 돌아다녔는데 그때마다 이정구는 이별하는 아쉬움을 담은 시를 지어 주곤 했다. 그에게 쓴 시에는 언제나 그리움과 함께 멀리에 있는 그의 건강을 염려하는 내용으로 가득하다. 이처럼 이정구와 홍사고의 우정이 남달랐기에 그의 죽음이 더욱 원통하고 아픈 것이리라.

유배지의 그대를 몇 해나 그리워했었던가.
고향에서 다시 만나니 흰 머리털 가득했어라.
연경에서 막 돌아왔기에 반가운 눈길 보냈더니
가을 등잔 아래 또 이별의 자리에서 마음 꺾이네.
'순천 부사로 가는 홍사고를 보내며' 일부

그리움은 멀수록, 만나지 못할수록 더 깊어지는 것인지도 모른다. 언제 다시 만날까 노심초사 기다리가 드디어 다시 만났더니 이제는 서로 백발이 다 되었다. 그러거나 말거나 이제야 회포를 풀어볼까 했는데 다시 이별을 해야 한다니 좋았던 마음이 꺾이고 만다. 풀 죽은 이정구의 모습이 그려지는 대목이다. 그렇게 우정을 나누던 친구를 억울하게 잃었으니 이정구의 마음은 찢어졌을 것이다.

그의 이름은 영원할 것이다

박지원이 홍대용에게

박지원의 『열하일기』는 그가 청나라를 다녀온 후 쓴 저서이다. 그 책이 나올 수 있었던 데에는 홍대용이 한 몫을 했다. 박지원보다 먼저 청나라를 다녀온 홍대용이 그곳에서 있었던 일을 알려주며 박지원에게도 기회가 되면 청나라를 다녀올 것을 권했기 때문이다.

그들의 우정은 '북학파'로 연결되었다. 사해가 다 벗이라고 여겼던 홍대용은 벗을 사귀는 데 막힘이 없었고, 친구의 친구는 친구가 되게 했다. 홍대용은 청에서 여러 명의 중국인 친구를 사귀었다. 그는 숙부가 청에 갈 때 함께 가서 육비陸飛·엄성嚴誠·반정균潘庭筠을 만났다. 그들은 모두 청에서 이름이 알려진 문장가였으며 예술가였다.

그들을 만난 것은 청에 갔을 때 눈이 좋지 않았던 이기성의 안경을 사기 위해 들른 곳에서였다. 항주절강성에서 과거를 보기 위해 올라왔던 엄성과 반정균이 안경을 끼고 있었는데 이기성이 그들에게 끼고 있던 안경을 팔라고 한 것이다. 알지도 못하는 조선인이 안경을 팔라고 하니 놀랄 법도 한데 그들은 돈도 받지 않고 선뜻 안경을 벗어주었다. 안경을 필요로 한다는 것은 눈이 불편하다는 것인데 어떻게 돈을 받겠냐며 그냥 주겠다고 했다. 그들의 말에 감동한 홍대용은 종이와 부채, 묵과 청심환 등을 주면서 감사를 표했고 그들도 지필묵과 다기 등을 답례로 보내면서 친해지게 되었다. 그리고 엄성과 반정균을 통해 또 다른 친구인 육비를 만나게 되었다. 홍대용은 그들과 밤을 새우며 이야기꽃을 피울 만큼 푹 빠져 살았다.

홍대용은 특히 엄성과 마음이 잘 통했다. 뜻을 펼치려면 기다릴 줄도 알아야 한다는 홍대용의 충고에 엄성은 과거를 접고 시골로 내려가 학문에 전념했다고 한다. 그러나 엄성은 시골에 내려간 지 몇 해 만에 죽고 말았다. 그 사실을 반정균이 조선에 있는 홍대용에게 알렸고 그는 제문을 지어 향과 함께 삼하에 있는 용주에게 보낸다. 이 제문이 엄성의 집에 도착한 날이 마침 엄성이 죽은 지 2년 후의 제삿날이었다. 모인 사람들이 모두 감탄하였고 엄성의 형이 제문을 읽었다.

엄성의 아들은 아버지의 유고집에 홍대용을 백부라고 쓰고 조선으로 유고집을 보냈는데 9년만에야 홍대용에게 전해졌다. 유고집에는 엄성이 직접 그린 홍대용의 초상화가 있었는데 그의 유일한 초상화라고 한다. 엄성은 홍대용에게 받은 조선산 먹과 향기로운 향을 가슴에 품은 채 죽었는데 사람들은 이것을 유별나다 하여 서로 시문을 지었다고 한다. 국경을 넘은 두 사람의 우정은 흔한 것이 아니어서 사람들은 신기하게 여겼고 감탄했던 모양이다.

"조선 사람 박지원朴趾源은 머리를 숙여 용주蓉洲에게 아뢰옵니다. 내 나라 전직 영천군수 홍담헌洪湛軒, 이름은 대용大容이요, 자字는 덕보德保가 금년 10월 23일 유시酉時에 세상을 떠났습니다. 평소에 아무 탈이 없었는데 갑자기 중풍으로 말을 못하더니, 곧 이런 지경에 이르렀으니 향년 53세입니다. 아들 원薳은 통곡 중이라 정신이 없어 글을 쓰지 못하고 또 양자강揚子江 이남은 편지를 보낼 사람이 없습니다. 하여 부탁드리니 덕보의 죽음을 오중吳中에 알려 그곳에 있는 친구들이 그의 죽음을 알 수 있도록 해주시길 바랍니다."

이렇게 편지를 써서 중국에 가는 사람에게 보내고 나서 항주杭州의 친구들이 준 서화書畫와 편지, 그리고 시문詩文 등 10권을 덕보의 빈소殯所에 올려놓고 관을 어루만지며 통곡을 했다. 아, 슬프다. 그가 살아 있을 때 작은 일에 얽매이지 않고 살았던 것이 기이하였으니 성품이 좋은 벗으로 하여금 그의 이름을 널리 알리려고 한다. 덕보의 이름은 사람들로 인해 널리 퍼질 것이니 내가 묘지墓誌를 하지 않더라도 그의 이름은 영원할 것이다.

『연암집 제2권 연상각선본』 '홍덕보洪德保 묘지명' 일부

이것은 홍대용의 죽음을 청에 있는 친구들에게 알리기 위해 써 준 편지의 내용과 그곳에 있는 친구들에 관한 내용을 쓴 묘지명의 일부이다. 역시 박지원다운 파격적인 형식의 글이라고 할 수 있다.

청에 있는 홍대용의 친구들에게 그의 죽음을 알리는 것은 쉬운 일이 아니었다. 그런데 마침 홍대용의 장례를 치루기 위해 모인 자리에 청으로 떠나는 사신 일행이 있었다. 그들이 하북성에 있는 삼하를 지나간다는 것을 알고 그곳에 사는 용주라는 사람에게 편지를 쓴 것이다. 용주를 통하면 다른 지역에 있는 친구들에게도 그의 죽음을 알릴 수 있다고 생각한 것이다.

그 몇 년 전에 박지원이 청에 갔을 때 돌아오는 길에 삼하에 들러 용주를 만나고 오라는 홍대용의 부탁을 받은 적이 있었다. 하지만 박지원이 삼하에서 그의 집을 찾았을 때는 마침 출타 중이어서 만나지를 못했다. 박지원은 홍대용이 남쪽 지방으로 원님이 되어 나간 사실을 적은 편지와 토산물을 그의 집에 두고 그냥 돌아와야 했다. 아마 그때 남긴 편지를 보았다면 자신이 덕보의 친구라는 사실을 알고 있을 것이라고 여겼다.

마음만 맞으면 모두가 친구가 되었던 아량이 넓은 친구 홍대용

을 보내는 박지원의 마음은 어땠을까. 굳이 알리지 않아도 그의 이름은 영원할 것이라는 박지원의 제문에서 벗에 대한 신뢰와 애정이 느껴진다.

명이 어이 그리 짧은가

허균이 화가 이정에게

홍대용이나 박지원만큼이나 친구 사귀기를 좋아했던 이가 바로 『홍길동전』의 저자 허균이 아닐까 싶다. 그는 신분이나 나이를 초월하여 사람 사귀기를 좋아했던 인물이다. 자신보다 여덟 살이 어린 이정李楨을 친구처럼 대했다. 이정의 자는 공간公幹이며 스스로 나옹懶翁이라는 호를 만들었다. 대대로 모두 그림으로 이름을 떨친 집안으로 천재화가였다.

하지만 세상 사람들은 둘의 우정에 손가락질했다. 그도 그럴 것이 허균은 양반집 자제요, 이정은 떠돌이 화가였기 때문이다. 사람들의 눈을 피해 산속에 들어가 누구의 구애도 받지 않고 우정을 나누며 살고 싶어 할 정도로 허균은 그를 매우 아꼈다. 그런 지기를 잃고 쓴 애사는 더욱 깊은 슬픔이었다.

역시 조선 최고의 문장가답게 이정을 위한 애사哀辭는 아름답다. 문장도 수려하고 읽는 이로 하여금 아픔을 공유하게 하는 힘이 있다. 꽤 긴 글인데도 불구하고 지루함이 없다. 친구 이정을 생각하는 허균의 절절함이 느껴진다.

> 나옹이여! 명이 어찌 그리 짧은 것인가.
>
> 내가 속세에 어울리지 못하여 세상 속에 홀로 있을 때 자네만이 나와 마음이 맞아 벗을 맺어 단짝이 되었네. 그것을 보고 사람들은 시끄럽게 헐뜯고 나무라니 내 마음은 한없이 슬퍼 차라리 그대만 이끌고 산중에 숨어 누구의 간섭도 받지 않고 자유롭게 살고 싶었네.
>
> 이 몸은 이제 누굴 의지해야 하나. 지기는 이미 선계로 갔으니 애통하기만 하구나. 언덕 위의 계수나무는 추위에 떨고 가을의 꽃향기는 골짜기에 그윽하다. 이제 누구와 같이 가야 하나 서성거리니 슬퍼하는 외로운 내 그림자가 낯설기만 하구나. 바람결에 아련히 보이는 그대 모습이 아름답고, 드높게 들리는 그 목소리가 듣기 좋아라. 아, 천년만년이 지나도 그대를 생각하는 마음은 잊을 수 없으리.
>
> 『성소부부고 제15권 문부 12』 '이정李楨의 애사' 일부

이정은 좋은 시절이나 아름다운 경치를 만나면 술을 거나하게

마시고 소리 높여 노래를 불렀다. 돌아다니다가 아름다운 산수山水를 만나게 되면 흥얼거리며 바라보느라 집으로 돌아갈 줄을 몰랐다. 남에게 베풀기를 좋아하여 추위에 떨고 있는 사람을 만나면 옷을 벗어 입혀주곤 했는데 사람들은 그를 어리석은 사람이라고 흉보며 가까이 하지 않았다. 그런 자와 양반의 자제인 허균이 친구로 매일 붙어 다니니 사람들은 이상한 시선으로 볼 수밖에 없었다.

한번은 권세 있는 정승이 그를 불러다가 그림을 그리게 하고는 흰 비단과 술을 대접했다. 그런데 그는 오래도록 술만 마시며 그림을 그리지 않는 것이었다. 사람들이 재촉을 하자 비로소 붓을 들었다. 그림을 다 그린 그는 붓을 내동댕이치고 바람처럼 그 자리를 떠났다.

그가 그린 그림 속에는 두 마리가 끄는 마차에 가득 재물이 실려 있었다. 그것을 두 사람이 양쪽에서 끌고 솟을대문 안으로 들어가고 있는 그림이었다. 실려 있는 물건은 아마도 아부를 하려는 자들이 보내온 각종 진귀한 물건이 틀림없었다. 솟을대문은 권위의 상징이며 소 두 마리가 끌 정도면 재물의 양이 어마어마했을 것이다. 한마디로 정승이 이렇게 잘살게 된 것이 뇌물을 받았기 때문이라는 비웃음이 가득 담긴 그림인 것이다.

그 그림을 본 정승은 노발대발하여 이정을 당장 잡아다가 죽이려 했지만 이미 그는 바람처럼 한양을 벗어나 평양으로 도망을 가

버린 상태였다.

허균은 사심 없이 가끔 만나서 술잔을 기울이던 이정이 장안을 발칵 뒤집어 놓고 홀연히 떠나버리자 아쉬움을 감추지 못하고 그리워했다. 어느 날 그는 이정에게 자신이 살고 싶은 집을 그려달라는 내용의 편지를 보냈다.

이런 집을 그려주게. 등 뒤에는 산이 있고 집 앞에는 시내가 흐르는 집을 그려주되 다음과 같은 배치를 하여 주게.

온갖 꽃과 대나무 천여 그루를 심고 집 가운데로는 남쪽으로 향한 마루를 터서 뜰을 넓게 그려주게. 그 뜰에는 석죽과 금선초를 심고 괴석과 오래된 화분을 배열해주게. 동편의 안쪽 방에는 걷힌 휘장 사이로 천여 권의 책을 진열하고 구리병에는 공작의 꼬리를 꽂아야 하네. 그리고 박산의 술동이를 비자나무 탁자에 놓아주게.

서쪽 창문을 열면 애첩이 나물국을 장만하고 손수 거른 동동주를 따르는 동안 나는 방 가운데에서 방석을 비스듬히 기대고 누워 책을 읽을 것이며, 내 주위로는 농담하며 웃고 즐기는 사람들이 있어야 하네.

그들은 모두 두건을 쓰고 비단신을 신었으며 도복에는 띠를 두르지 말아야 하네. 한 줄기의 향불 연기는 발 밖에서 피어오르고 두 마리의 학이 돌의 이끼를 쪼아야 하며 아이가 빗자루를 들고 꽃을 쓸고 있는 모습을 그려주게. 그림이 완성되면 돌아오는 태징공이수준의 자편에 부쳐주기를 간절히 바라네.

『성소부부고 제21권』 '나옹에게 보냄' 일부

너무도 상세하게 표현해서 그림에 조예가 없는 사람이라도 머릿속으로는 그려보게 된다. 읽다 보면 눈앞에 그런 집이 아른거린다. 상상만으로도 감탄이 절로 나오는 설명이다. 이 편지를 받은 이정은 아마 허균이 원하는 대로 그림을 그렸을 것이다. 하지만 허균은 끝내 이정의 그림을 받지 못했다. 이 편지를 받고 며칠 후에 이정이 갑자기 세상을 떠났기 때문이다. 그의 나이는 겨우 삼십이었다. 그의 그림을 애타게 기다리던 허균에게 날아든 비보는 아마도 청천벽력과 같았으리라.

그는 허균이 부탁한 대로 그림을 그렸을까? 전해지지 않으니 알 수는 없지만 죽기 전에 그림을 그렸기를 바라는 마음이 든다. 아마 그런 집에서 허균과 담소를 나누며 즐거워하는 자신을 그렸을지도 모른다. 어쩌면 저 세상에서 만나 그런 집을 짓고 사람들의 손가락질을 받지 않는 곳에서 우정을 계속 이어가고 있는지도 모를 일이다.

하루저녁의 약속이 한으로 남았습니다

정제두가 민성재에게

역사적으로 보면 많은 라이벌들이 있었다. 타협조차 할 수 없는 적이라면 서로 죽이지 못해 안달이 났을 것이고, 선의의 경쟁자라면 서로에게 자극이 되었을 것이다. 숙종대에 정제두1649~1736와 민성재는 후자 쪽에 속한 경쟁자였다. 때로는 천하에 둘도 없는 라이벌 같기도 하면서 어떨 때는 서로를 보완해주는 우군이기도 했다가 원수지간 같기도 한, 참으로 재미있는 두 사람이다. 하지만 중요한 것은 서로에 대한 믿음만큼은 누구보다도 강했다는 것을 알 수 있다.

민성재의 이름은 이승以升이고 자字는 언휘彦暉이다. 학문으로 유명하여 여러 문인들과 서신을 주고받았으나 문집을 남기지는 않았다. 민성재가 숙종 22년에 죽자 정재두는 이에 곡哭을 하고 상복도 입었는데, 그와는 생전에 양명학에 대한 논변이 잦았다. 라이벌이자 스승이자 벗이었던 민성재를 잃은 그의 슬픔이 안타까울 뿐이다.

작년에 계사溪寺를 방문했을 때는 눈보라를 꺼리지 않았고, 지난 가을에 안양安陽의 약속 또한 좋은 방법을 찾으려는 것이었으니 우리 두 사람의 기대가 어떠했겠습니까. 이른 겨울에 남산에서 만나기를 약속했는데, 형이 곧 달려와 나와 같이 하룻밤을 지냈습니다. 밤을 새워 이야기를 주고받은 후에야 비로소 약간의 실마리를 찾았으나 결국 그 결말은 섣달그믐에 다시 만나 토론하기로 약속을 하고 헤어졌습니다.

형이 신을 벗고 방으로 들어오던 처음의 모습과 소매를 펄럭이며 돌아가던 뒷모습이 아직도 선한데 어찌 그것이 마지막 작별이 되리라 생각했겠습니까.

다시 만날 날은 앞당기지 못한 것이 안타까울 따름입니다. 어찌 만분의 일이라도 이런 일이 생길 줄을 생각이나 했겠습니까. 이제 더 이상 떨어진 실마리를 좇을 길이 없고 엎어진 물은 다시 돌이킬 수 없으니 어찌하면 좋단 말입니까. 하루저녁의 약속이 오랜 세월 한으로 남게 되었습니다.

『하곡집 제문류』 '민성재 제문'

이 제문은 정제두가 쉰 살 때인 숙종 24년에 민성재를 곡한 글이다. 세상에 이런 우정도 있다는 것을 새삼 느끼게 해주는 글이다. 친구는 때때로 서로를 발전시켜주는 경쟁자이기도 하다. 정제두와 민성재 두 사람도 같은 문제를 놓고 의견은 팽팽하게 대립했다. 계사에서 만나고 다시 안양에서 만나 의견을 주고받았지만 조금도 좁혀지지 않는다. 결국 남산에서 끝장을 보기로 약조를 하고 헤어진다.

그러나 그렇게 소맷자락을 펄럭이며 휘적휘적 걸어가던 뒷모습이 마지막이 될 줄은 상상도 하지 못했으리라. 만 분의 일이라도 다시 만나지 못할 거라는 생각을 하지도 않았다. 이제 누구와 더불어 토론을 할지 막막하다. 다시 만나자던 말은 이루어지지 못할 약속으로 남아 귓가에 맴돌고 지워지지 않는 한이 되고 말았다.

둘은 형과 아우처럼 돈독하기도 했으며 같은 학문을 연구하는 동지애도 있었다. 민성재는 아들 삼형제를 정제두에게 배우도록 유언할 정도로 그에 대한 믿음도 두터웠다. 하지만 그들이 주고받은 편지를 본다면 그 살벌함에 정말 친한 사이가 맞는지 의심이 들 것이다. 정제두가 민성재에게 보냈던 편지내용이다.

어제 스님이 전해준 형의 편지 잘 받았습니다. 앞서 보내주신 책에서 저에게 하신 말씀은 첫째는 입을 다물라는 것이고, 둘째는 함부로 하신 욕이었습니다. 그런데도 또 다시 이처럼 충고의 편지를 보내주시니 무슨 이유입니까? 이렇게 욕을 얻어먹고서야 어떻게 머리를 굴려 깨달음을 얻을 수 있겠습니까.

책 끝에 다시 주륙誅戮:죽임을 당하게 될 것이라는 말까지 달아 놓았는데, 지금보다 더 나은 답변이 있으시다면 지당한 일이지만, 만약 치욕으로 위협을 주거나 화를 입히겠다는 말이라면 무섭지 않습니다. 의견이 맞지 않는다고 죽이려고 들고, 욕을 하는 것은 학문을 권하고 장려하는 일이 아닙니다. 형은 어찌 나를 얕보십니까?

『하곡집 서류書類』 '민성재에게 답하는 글' 일부

민성재가 책을 보내 주었는데 책 뒤쪽에 정제두에게 보내는 편지도 쓴 모양이다. 내용은 입을 다물라는 것과 심한 욕설이다. 마지막에는 주륙誅戮:죽임을 당하게 될 것이라는 위협까지 서슴지 않는다. 편지만 본다면 정말 원수지간이라고 해도 믿을 정도의 내용이다.

정제두는 그런 편지를 받고도 참는다. 그런데 다음 날, 화가 풀리지 않은 모양인지 또 험악한 내용의 편지를 보내왔다. 그러자 그는 자꾸 편지를 보내 충고를 하는 이유가 뭐냐고 묻는다. 그는 알고 싶은 것은 많은데 민성재가 명확하게 답을 주지 않아 답답한 상황이다. 공부를 할 때 가장 즐겁고 재미있을 때가 바로 문제가 술술 풀릴 때다. 그런 면에서 정제두는 호기심을 풀지 못하고 있는 상태다.

학문의 근원적인 뿌리에서 뻗어 나온 가지가 서로 달라 의견이 맞지 않을 수도 있지만 서로 치열하게 토론하며 그 속에서 또 성장했던 둘이다. 정제두가 양명학의 최고봉이 될 수 있었던 것은 이런 친구들과의 끊임없는 토론이 있었기 때문일 것이다.

민성재의 협박에 정제두는 학문을 위해서라면 죽음 따위는 두렵지 않다고 말한다. 그렇게 아옹다옹 싸우면서 미운정이 들었던 것일까. 죽이겠다고 협박까지 했던 민성재는 앞서 말했듯이 아들들을 모두 정제두에게 배우도록 유언을 했다. 그리고 정제두는 자신을 죽이겠다고 협박했던 민성재를 위해 상복을 입었다. 학문을 탐구하는 일에는 양보가 없었지만 둘은 진정 서로를 위하는 벗이었음은 틀림이 없었다.

내 마음을 알아줄 사람이 없습니다

홍대용이 민장에게

"아, 하늘이 나에게서 앗아갔구나, 하늘이 나에게서 앗아갔구나!"

사랑하는 수제자 안회가 죽었을 때 공자는 이렇게 탄식했다. 안회는 공자의 수제자로 학덕이 뛰어나고 행실이 바른 사람이었지만 세상에 이름을 알리기도 전인 서른두 살에 죽었다. 공자는 자신의 마음을 알아줄 유일한 사람이 바로 안회라고 여겼기에 안회가 죽었을 때 그렇게 절망의 통곡을 했던 것이다.

홍대용은 민장이라는 이의 죽음을 두고 공자가 안회의 죽음을 두고 슬퍼했던 것을 떠올렸다.

하늘이 늙어 기운이 흐려졌나 봅니다. 깨달음이 얕은 자는 명이 길고 덕이 있는 자는 운이 없습니다. 안자顔子가 일찍 죽고 도척盜跖이 오래 살았으니 예전부터 이러하였던 걸 생각하면 공이 돌아가심도 슬퍼할 일이 아니겠지요. 하지만 어린아이가 상복을 입고 노인이 염斂을 하니 귀신도 실망스럽고 이치 또한 알 수가 없습니다.

저는 닭 한 마리와 술 한 잔을 놓고 제문을 읽으며 슬피 웁니다. 풍채가 좋고 말투는 시원스러웠으며 마음은 곧으나 너그러웠습니다. 또한 잔꾀도 부릴 줄 모르고 입도 무거웠으니 믿음직스러운 군자이며 백 사람 중에 으뜸이었습니다.

고개를 들었다 숙였다 하면서 가만히 생각하니 이 세상에 내 마음을 알아줄 사람이 없습니다. 단암丹巖의 물은 떨어지는데 빈 소殯所의 방은 침침하기만 합니다. 한바탕 슬피 우니 산도 우는 것 같고 물도 슬퍼하는 것만 같습니다.

『담헌서 내집 4권』 '민장에 대한 제문' 일부

착한 사람이 일찍 죽고 나쁜 사람이 오래 사는 것은 분명 하늘이 늙어 판단력이 흐려진 것이라 여겼다. 공자에 버금가는 안회는 일찍 죽고 도척盜跖은 잔인한 도적으로 부하가 구천 명이나 되었으며 천하를 돌아다니며 평생 악행을 일삼았던 자인데, 오래 살았으니 말이다.

민장이 정확하게 누구인지는 알 수 없으나 내용으로 보아 홍대용의 음악친구가 아니었나 싶다. 민장의 죽음에 아비 잃은 어린 아이가 상복을 입었으며, 아들을 잃은 노인은 관을 만들고 있는 상황이다. 그런 모습을 지켜보는 홍대용의 마음도 편치 않다. 아니 화가 난다. 신도 원망스럽고 이치 또한 알 수가 없다고 한탄한다.

제문에서는 민장이 지난여름부터 앓고 있었다고 한다. 안부를 물으려고 들렀는데 이미 병이 깊어 괴로워하고 있었다. 그는 자신이 죽을 것을 예감했는지 어린 아들을 불렀다. "앞으로 너의 스승으로 모시거라" 하면서 홍대용에게 절을 하라고 시킨다. 두 사람은 비록 나이는 다르지만 거문고를 타고 노래를 부르며 서로의 친한 벗이 되었다. "공은 나를 사위처럼 사랑했는데, 나는 장인처럼 섬기지 못했습니다" 하는 구절이 있는 것으로 보아 비슷한 연배는 아니었던 모양이다.

가을비가 추적추적 내리던 날에는 서성에서 거문고와 퉁소를 불며 함께 술잔을 기울이기도 했는데 흥이 오르면, 그는 간간히 긴 가락을 음악에 맞춰 애절하게 부르곤 했다. 그럴 때면 아픈 사람 같지 않고 있는 병도 다 나은 것처럼 보일 정도였다. 헤어질 때는 아쉬워하며 "내 병이 깊으니 자주 들려주시게. 좋은 아침과 긴 저녁은 뒷 기약이 더욱 많으이" 했는데 뜻밖의 부음을 듣게 된 것이다. 홍대용은 책 상자를 들고 강가로 나가다가 민장의 소식을 들었다. 아마 강가에서 책을 읽으려고 한 모양이다.

큰 소리로 장시간 통곡하니, 눈물이 옷깃에 가득 차고, 책상 위의 서적도 덮어두고, 의자에 거문고도 던져 버렸소.

음악을 사랑하는 사람으로서 같이 어울려 멋진 화음을 낼 수 있는 사람을 잃은 것은 그 무엇보다 슬플 것이다. 좋아하는 책도 덮고 사랑하던 거문고도 외면할 정도로 슬퍼하는 모습이 바로 백아절현이라고 할 만하다. 지음을 잃은 슬픔이다.

다시 마주 앉아 웃을 수 있을까요

김정희가 백파선사에게

숭유억불을 국시로 내세운 조선 사회에서 유학자와 스님의 조합은 다소 생소할 수 있다. 특히 유학자들은 불교를 무시하는 경향이 짙었다. 스님에게 존중보다 하대하는 입장에 가까웠다. 그런데 돈독한 우정을 쌓은 이들도 종종 있었다. 바로 추사 김정희1786~1856와 백파선사가 그랬다.

두 사람은 어떻게 벗이 될 수 있었을까?

추사 김정희는 추사체라는 최고의 글씨는 물론이고 세한도로 대표되는 그림과 시와 산문에 이르기까지 학자로서 뿐만 아니라, 예술가로서도 최고의 경지에 이른 인물이다. 백파선사 긍선1767~1852은 조선불교를 다시 꽃피우게 한 화엄종의 종주로 열두 살에 출가하여 선운사에서 수행을 시작했다. 조선 후기의 불교는 나라의 억불 정책으로 인해 거의 설 자리를 잃고 있었다. 교단이 극도로 쇠락하고 승풍이 빛을 잃은 시기였다. 따라서 승려들 역시 자기 고민이 투철하지 못했다. 이런 시기에 시작된 선문논쟁은 불교에 대한 관심을 불러일으켰고 선종으로서의 정체성에 대한 생각을 다시 하게 만들었다.

불교 쪽으로 관심이 많았던 추사의 부친으로 인해 두 사람은 추사가 어릴 때부터 교류할 수 있었다. 추사에게 또 다른 지음이라고 할 수 있는 초의선사도 그렇게 인연을 맺게 되었다.

> 우리나라가 요즘 세상에는 계율을 잘 지키는 종파가 없었는데 오직 백파만이 자격이 있습니다. 누군가는 이치에 맞지 않다고 하나 이는 절대 그렇지 않습니다. 특히 사람들이 그의 뜻을 알지 못하고 비난하는 것은 모두 하루살이가 큰 나무를 흔드는 꼴로 이것은 백파를 안다고 할 수 없는 것입니다.
>
> 이제 백파의 비면碑面:비석의 표면 글자를 짓는데 있어 만약 대기대용大機大用의 한 구절을 큰 글씨로 특별히 두드러지게 적지 않는다면 백파의 비가 될 자격이 없습니다. 그래서 글을 지어 설두雪竇, 백암白巖 등 여러 문도門徒들에게 보이는 바입니다.
>
> 『완당전집 제7권 잡저雜著』 '백파비의 전면 글자를 지어 화엄종주 백파대율사 대기대용지비라 써서 그 문도에게 주다' 일부

추사가 쓴 백파선사의 비문은 그와의 우정에서 비롯되었다. 그리고 백파선사와 반대 의견을 가진 김정희가 그의 비석을 만든 것은 비록 의견은 다를지라도 마음에서 우러나오는 존경심이 있었기 때문이리라. 비문의 앞면은 해서체이고 뒷면은 행서체로, 김정희가 일흔에 글을 짓고 글씨를 쓴 것이다. 추사 글씨의 금석문으로는 최고의 걸작으로 평가받기도 한다.

백파선사가 지은 『선문수경禪門手鏡』은 당시 선사들 사이에서 일대 논쟁의 대상이 되었다. 논쟁은 백파가 기존의 2종선을 부정하고 3종선이라는 새로운 주장을 하면서 시작되었다. 여기에 추사 김정희는 실학을 바탕으로 백파의 견해를 비판했다. '선문수경'이 퍼지면서 백파의 주장을 비판하는 사람들이 대세를 이루었다.

이 논쟁에 김정희와 초의선사가 가담하면서 일반 문인들과 불교계의 관심이 집중되었다. 비록 김정희는 백파와 같은 생각을 한 것은 아니지만 많은 편지를 주고받으며 가까운 사이가 되었다.

백파노사 편안하신지요, 이미 더불어 거리낌 없이 말을 마구 했는데 이제 와서 체면을 차려 조심할 필요가 있겠습니까. 지금까지 주고받은 편지에서 털끝만큼이라도 노여움을 숨기려고 하지 않았는데 보내 온 깨우침의 말들이 갑자기 이렇게 중언부언한 것은 어찌 된 것입니까. 이는 선사께서 스스로 마음의 갈등을 일으킨 것이라 생각이 들어 나도 모르게 웃음이 터져 입안에 있던 밥알이 튀어나와 책상 위에 가득합니다.

이 글은 『완당전집 제5권』 '서독書牘편'에 있는 '백파에게 주다'라는 글의 첫 부분이다. 아마도 밥을 먹으면서 편지를 읽은 모양이다. 무슨 글인지는 모르나 추사가 보낸 편지에 백파가 답을 한 모양인데 추사가 다시 답을 하는 과정에서 조롱과 야유를 서슴없이 하고 있다. 당시 백파선사가 80세였고 김정희는 61세였다고 한다.

같이 늙어가는 처지라고 한다면 할 말이 없겠으나 거의 20년이나 차이가 난다. 흔한 말로 백파선사가 성인이었을 때 김정희는 이제 막 태어난 핏덩어리였다는 것이다. 그럼에도 불구하고 백파와 주고받는 편지는 근엄하거나 진지한 구석이 전혀 없다. 마치 어린 시절부터 막역하게 지내 온 사이에서 마구 내뱉는 말들처럼 거리낌이 없다.

어느 날 김정희는 선운사로 백파선사를 찾아갔다. 그리고 부처님 앞에서 기도를 하는 그에게 종이 한 장을 건넸다. 백파선사가 종이를 펼쳐보니 거기에는 '돌이마石顚:돌대가리'란 글씨가 쓰여 있었다. 추사는 아호이니 주고 싶은 사람이 있거든 주라고 말했다. 실은 '이게 내가 지은 스님의 아호요' 하고 싶었던 것이 아닐까.

백파선사는 그것을 아무 말 없이 받아들었다. 그러나 아무에게도 주지 않고 간직하고 있다가 죽을 때가 이르러 제자에게 건넸다고 한다. "이것은 추사가 나에게 맡긴 것이니 혹시 임자를 만나거든 주게" 하고 유언을 남겼다. 서로 날카로운 논쟁을 수없이 벌이면서 우정을 쌓아갔던 두 사람이었다. 물론 김정희의 조롱이 담긴 아호일수도 있었겠지만 그것을 두 말 없이 받아 든 백파선사였다. 그런 백파를 위해 김정희는 존경하는 마음을 담아 정성스럽게 비문을 쓴 것이다. 쉽지 않은 두 사람의 우정이 절로 고개가 숙여지는 까닭이다.

오직 그대만은 나를 외면하지 않고

김상헌이 이소한에게

흔히 어려울 때 곁에 있어주는 친구가 진짜 친구라고 말한다. 하지만 말이 쉽지 막상 그런 상황이 닥쳤을 때 자신의 일처럼 발 벗고 나서 줄 수 있는 친구가 몇이나 될까. 친구를 돕기 위해 목숨까지 걸어야 하는 일이라면 과연 나는 그럴 수 있을까?

조선 중기의 문신 김상헌은1570~1652은 한국사에서 절개와 지조의 상징으로 남아 있는 인물이다. 아마도 끝까지 명나라를 섬기고 청나라를 외면했기 때문일 것이다. 그는 병자호란이 일어났을 때는 끝까지 싸워야 한다고 주장했고, 세자를 인질로 보내는 것을 반대했으며 항복 문서를 찢어버리기까지 했다.

그의 이런 행동들이 알려져 1640년 인조 18년에는 결국 심양으로 압송되었다. 김상헌이 관작도 받지 않고 청의 연호도 쓰지 않는다는 이유였다. 이런 상황이고 보니 그를 따르던 무리들도 점점 사라지고 결국에는 자신에게도 화가 미칠까 두려워 김상헌의 곁을 떠나는 사람이 대부분이었다. 이런 상황에서도 끝까지 자신을 따르던 이소한의 죽음에 더욱 비통함을 느끼는 것은 당연한 일이리라.

> 나는 그대와 부자父子나 형제처럼 사귄 정이 깊으니, 비록 나이는 서로 다르지만 마음만은 같이했던 사람이라고 할 수 있습니다. 지난날에 서로의 마음을 터놓고 정담을 나누며 술을 마시고는 시를 읊조리며 한가로웠던 일들을 일일이 다 말로 할 수 없습니다.
>
> 내가 명이의 화를 당하여 다시 한 번 범의 아가리 속에 던져졌을 때 사람들이 나를 보기를 전염병 환자처럼 보지 않은 이가 없었습니다. 그런데도 오직 그대만은 나를 외면하지 않고 더욱 친하게 다가와 마음을 다 하였으니 그대는 참으로 의리가 있는 사람이었습니다.
>
> 『청음집 제15권』 '참판 이소한李昭漢에 대한 제문' 일부

옛사람들은 친구 사이에 나이는 그다지 중요하게 여기지 않았다. 친구가 될 수 있는 오직 한 가지는 서로 마음이 통한다는 사실이었다. 이소한과 김상헌은 마음을 터놓는 친구 사이가 되었다. 같

이 술을 마시고 시를 지으며 정담을 나눈 시간들이 헤아릴 수 없이 많았다.

명이의 화를 당했다는 것은 아마도 '숭명배청'인 모양이다. 그리고 다시 범의 아가리로 던져진 것은 심양으로 끌려갔던 일을 말한다. 그렇게 미움을 받아 청나라로 압송되는 상황에서 사람들은 김상헌을 마치 전염병 환자처럼 멀리 했다. 그런데 단 한 사람, 이소한은 꿋꿋하게 자신의 곁을 지켜준 의리 있는 친구였다.

이소한1598~1645은 선조 때의 문신이다. 바른 말을 잘했는데 왕을 모신 자리에서 정사와 왕실의 잘못을 지적해 때로는 왕의 미움을 사기도 했다. 그로 인해 관직을 삭탈당하거나 유배를 가는 일도 많았다.

> 내가 귀국함에 미쳐서는 공은 마침 유배지에 가 있었습니다. 중도에서 나를 맞이하여 길가에 앉아서 손을 마주 잡고 기뻐 눈물을 흘렸습니다. 헤어져야 할 때는 한 번 보는 것이 부족하여 두 번 보고 세 번 보고 하였지요. 그 뒤에 공이 사환賜環되어 돌아왔을 적에는 거듭거듭 말하면서 뒷날에 다시 만날 기약을 하였습니다.

김상헌이 심양에서 풀려나 고국으로 돌아올 때 이소한은 유배를 당한 처지였다. 그런데 마침 그가 머물러 있는 유배지를 지나야 했다. 심양에서 죽음을 결심했던 김상헌이었다. 살아서 다시 고국으로 돌아올 거라는 생각을 하지 못했던 터라 둘은 다시 만난 것을 감격해 하며 손을 잡고 눈물을 흘린다.

집으로 돌아와서도 꼭 다시 만나자고 약속을 거듭했지만 결국 이소한은 병으로 허무하게 세상을 떠나고 말았다. 소식을 들은 김상헌은 마음으로 의지하던 벗을 잃은 슬픔에 목 놓아 통곡을 하고 만다. 당장이라도 달려가 가서 널관을 붙잡고 통곡이라도 하고 직접 술이라도 한잔 올리고 싶었다. 하지만 이미 늙고 병든 몸이라서 그것조차 허락되지 않으니 부끄럽고 슬프기만 하다. 나를 알아주는 유일한 친구의 죽음은 마치 심장을 가져간 것과 다를 바 없었을 것이다.

선생께 욕되지 않게 하겠습니다

송상기가 우암 송시열에게

자신을 알아주는 스승이 있다는 것은 행운이다. 제자는 스승을 위해서라도 더욱 열심히 가르침에 충실하게 되는 것이다. 스승을 욕되게 하지 않는 것, 스승의 이름을 높이는 것이 제자로서 마땅히 해야 할 일이다.

예전에 제가 서울에 있을 때 선생께서 남쪽으로 귀양을 가시는 것을 보며 돌아오지 못하리라는 짐작을 했습니다. 사태가 급하게 돌아가는데 멀어 찾아뵙지도 못하고 편지를 전할 사람도 없었습니다. 곧이어 걱정하던 일이 생기니 넋은 나가고 마음은 타들어갔습니다. 바다 한 가운데에 있는 섬이 너무 멀어 한 글자도 전하기 어려웠으니 남쪽 하늘을 바라보며 슬픈 마음으로 그리워하면서 잠을 이루지 못할 뿐입니다.

다시 북쪽으로 올라오시던 날에는 질병과 사고가 연이어 일어나 마중 나가 인사를 하려던 것을 못하고 영원한 이별을 하니 남은 한이 하늘까지 사무칩니다. 발인하는 날에도 어머님의 병이 깊어 무덤을 만드는 일에 직접 참여해 곡하는 일도 하지 못했으니 평생의 은혜를 저버리고 말아 부끄러울 따름입니다. 지금부터는 학문을 더욱 연마하여 저를 알아주신 선생께 욕되지 않게 하는 것이 이 잘못을 속죄하는 길이라고 생각합니다.

『옥오재집 제16권』 '우암 선생을 제사하는 글' 일부

제문을 쓴 송상기1657~1723는 조선 후기의 문신으로 우암 송시열의 문하이다. 송상기의 외가 쪽에는 김수항이 있는데 그가 바로 유명한 문인 김창흡, 김창협의 아버지다. 송시열과 김수항은 사이가 매우 좋았기 때문에 송상기는 송시열의 문하로 들어가 공부를 하게 되었다. 그런데 송시열이 각별히 아낀 모양이다. 따로 데려다가 앞에 앉히고 일대일 교육을 하기도 하고 시간이 없을 때는 편지를 전하면서 시를 전수하기도 했다.

이 제문은 자신에게 아낌없는 사랑을 준 스승에 대한 제자의 통곡에 가까운 편지다. 스승인 송시열의 안타까운 죽음을 그저 보고만 있어야 했던 그의 심정이 그대로 느껴진다. 송시열은 제자 송상기가 홍문관에서 근무할 때 '가득차면 기울게 된다'라는 경계의 말

을 하면서 항상 연못 앞에 있는 것처럼 조심하라고 이르기도 했다. 강연을 앞에 두고 쩔쩔 맬 때는 맑고 밝은 마음으로 맡은 일을 경건하게 하라고 다독이기도 했다. 하지만 송상기는 언제나 선생의 기대에 미치지 못하는 자신이 부끄러워 땀을 흘려야만 했다.

송시열은 효종이 왕위에 오르자 북벌론을 주장했는데 병자호란으로 청나라에 끌려갔었던 효종은 그의 말에 찬성했다. 송시열에게 중국의 주인은 오직 명나라밖에 없었다. 그렇기 때문에 오랑캐가 세운 청나라를 인정할 수 없었던 것이다. 이것은 지극히 유교적인 관점에서 해석한 논리로 현실적인 국제관계를 무시한 일이었지만 그에게는 그것이 지조이고, 의리였다.

그러나 효종과 국사를 의논한 기간은 얼마 되지 않았다. 효종이 갑자기 승하했는데 왕위에 오른 지 1년도 되지 않았을 때였다. 『옥오재집』 제1권에 있는 시의 한 구절을 보면 송시열을 보는 송상기의 안타까움이 묻어난다.

> 만사가 이제는 눈물만 흘리게 되었으니 상자에 옛 담비 가죽만 남았어라.

효종의 죽음으로 북벌은 더 이상 추진되지 못했다. 북벌 때 입으라며 효종은 송시열에게 담비로 만든 털옷을 직접 하사할 정도로 그를 존경하고 신임했다. 효종의 죽음으로 모든 계획은 수포로 돌아가고 담비 옷만 남았다는 안타까움을 말하는 시다. 이 외에도 송상기는 송시열이 보내 준 여러 편의 시에 차운하여 시를 쓰곤 했다.

그 후 송시열은 벼슬을 버리고 은거하다가 우의정에 올랐으나 이런저런 문제로 은퇴를 하고 다시 집으로 돌아갔다. 하지만 83세였던 1689년 왕세자의 책봉이 시기상조라며 반대하다가 제주도로 유배를 가게 되었다. 다시 서울로 압송되는 도중에 정읍에서 사약을 가지고 온 금부도사를 만나 그곳에서 죽음을 맞게 되었다.

이 제문은 그 시기의 급박했던 상황이 조금은 엿보인다. 송시열이 유배를 간 사이에 서울에 있었던 송상기는 이미 스승이 다시 돌아오지 못한다는 예감을 한다. 돌아가는 정세가 심상치 않음을 눈치 챈 것이다. 점점 안 좋은 기운이 감도는데 그것을 알릴 방법이 없어 애를 태운다. 제주도까지 소식을 전한다는 것이 쉬운 일은 아니었다. 상황은 시시각각 변하는데 달려가도 몇 달이요, 말을 타도 비슷하다. 본인이 갈 수도 없고 편지를 빨리 배달할 사람도 없으니 속만 타들어갈 뿐이다.

다행히 송시열이 제주도에서 다시 서울로 압송된다는 소식을 듣고 마중이라도 나가려 했지만 그마저도 여의치가 않다. 당시 송상기는 신경이 마비되어 팔과 다리를 마음대로 쓸 수 없는 처지였다. 존경하는 스승의 앞날을 뻔히 알면서도 아무것도 해줄 수 없었던 자신을 얼마나 원망했을까.

송시열은 서울로 올라오던 도중에 정읍에서 사약을 받고 생을 마감한다. 그렇게 허무하게 영원한 이별을 하니 남은 한이 하늘까지 사무친다고 통곡을 하는 것은 당연했다. 자신에게 베풀어준 은혜가 큰 만큼 그것을 저버렸다고 부끄러워한다. 학문을 열심히 닦아 욕되게 하지 않겠다는 그의 결심은 결코 허언이 아니라는 것을 느낄 수가 있다.

마음으로 통한 벗

최립이 친구 이수지에게

사람들이 고향을 그리워하는 이유는 그곳에는 사랑하는 사람들이 있기 때문이고, 그들과의 추억이 살아 있기 때문이다. 때로는 그저 어린 시절을 공유했다는 점만으로도 마음이 푸근해지는 것이다.

나의 벗 탁이와는 마음이 서로 통했는데 탁이의 마음은 또 수지가 잘 알고 있었다. 탁이가 살아 있을 때는 셋이 어울려서 잘 놀았고, 탁이가 죽고 나서는 수지와 더욱 마음을 나누게 되었다.

난리로 10년을 떨어져 있었는데 무사히 돌아와 다시 이웃에 살면서 탁이가 살던 옛집을 둘러보며 함께 슬퍼도 하였다. 위로하며 서로가 있음을 다행으로 여겼었는데 수지마저 탁이를 따라 갈 줄을 어찌 생각이나 했겠는가. 낮은 벼슬자리에도 탁이는 나가지 못했는데 늦은 나이로 과거에 급제한 수지마저도 벼슬길에 오르기 전에 세상을 떠나고 말았구나.

나에게 다 주었다가 다시 빼앗아가는 하늘의 이치를 도저히 모르겠으니 누구를 원망하고 또한 두 벗에 대해서 내가 무슨 말을 할 수 있겠는가. 텁텁한 막걸리 한 병을 손에 쥐고 마지막 가는 길에 찾아왔으니 그대의 영혼이 있거든 예전처럼 즐겁게 한 잔 하시게.

『간이집 제1권』 '이수지에 대한 제문' 일부

아마 조선 중기의 문신 최립1539~1612과 친구들도 그랬을 것이다. 그래서 이 제문은 쓸쓸함이 가득하다. 마음을 나누었던 두 벗을 떠나보내고 이제는 혼자 남은 최립의 외로움과 허망하기만 했던 명예에 대한 부질없음이 읽는 이로 하여금 안타깝게 만든다. 모든 영화로움을 다 내려놓고 고향에 돌아왔건만 두 팔 벌려 반겨주던 친구들의 모습이 간데없으니 얼마나 마음이 쓸쓸할까.

탁이와 수지는 최립의 고향친구다. 셋은 늘 붙어 다니며 공부도 같이 하고 장난도 함께 쳤다. 무엇을 하고 싶은지 눈빛만으로도 서로의 마음을 읽는 사이다. 나란히 과거에 합격하여 벼슬길에도 함께 오르자고 손가락 걸고 약속까지 했다. 영원히 그렇게 곁에서 서로를 위해주고 지켜줄 수 있을 거라고 생각했다.

그런데 갑자기 탁이가 세상을 떠나고 만 것이다. 아직 하고자 했던 일들을 제대로 펼쳐보지도 못한 나이였다. 함께 하자던 벼슬도 아직 해보지 못한 상태가 아니던가. 그는 마음의 벗이었던 탁이를 보내고 망연자실하여 아무것도 할 수가 없다. 함께 걷던 길만 보아도 눈물이 나고 마주앉아 공부하던 책만 펼쳐도 가슴이 먹먹하다. 보이는 모든 곳에 탁이와의 추억이 스며 있으니 차라리 눈을 감아 버린다. 그러나 탁이와의 이별의 아픔이 가시기도 전에 임진왜란이 일어나 고향을 떠나야 했다. 고향을 떠나던 날, 수지와 두 손을 굳게 잡고 꼭 살아서 다시 만나자고 약속을 했다. 그리고 10년이 지나서야 최립은 다시 고향 땅을 밟는다.

황폐해질 대로 황폐해진 고향에서 그나마 위안이 되었던 것은 수지를 다시 만난 것이다. 둘은 얼싸안고 기쁨의 눈물을 흘리며 좋아한다. 서로의 모습을 가만히 바라보며 어디 아픈 곳은 없었는지, 다친 곳은 없는지 살피며 그동안의 회포를 풀었다. 수지와 그렇게 밤새는 줄 모르고 이야기를 나누다 보니 그동안 힘들었던 모든 일들이 눈 녹듯이 다 사라지고 말았다.

최립과 수지는 탁이가 살던 곳을 돌아보며 추억에 젖는다. 함께 하지 못하는 아쉬움에 다시 눈물이 흐른다. 더욱 서로를 의지하며 서로를 볼 수 있다는 것으로 위안을 삼는다. 둘만이라도 탁이가 이루지 못한 꿈을 대신 이루자고 약속을 했는데 드디어 수지가 늦은 나이에 과거에 합격을 했다. 최립은 친구의 합격에 자신의 일처럼 기뻐하며 축하를 해준다. 그런데 이게 무슨 하늘의 장난일까. 벼슬길에 오르기도 전에 수지마저 탁이 뒤를 따라가고 말았다.

어찌하여 내가 알아주는 나의 벗을 하늘은 알아주지 않는 것인가. 나처럼 쓸모없는 엉터리 인간은 탁이와 수지보다 이름과 지위를 높게 주었다가 나이가 먹어 늙음에 이르러서야 춥고 배고픈 삶을 살게 하였다.

최립은 하늘을 원망하기에 이른다. 탁이는 시험도 보기 전에 데려가더니 수지는 이제 벼슬을 앞두고 있었는데 빼앗아가고 말았다. 정녕 나라에 쓸모가 있고 지혜로운 사람은 먼저 데려가고 도움도 안 되는 자신만 남겨두었으니 하늘의 이치를 이해할 수가 없다.

이제 나이를 먹어 모든 벼슬을 내려놓고 다시 돌아온 고향에는 두 벗이 보이지 않는다. 언제나 환하게 웃어주며 반겨주던 벗들은 먼저 간 하늘에서 즐겁게 노닐고 있을까. 그는 텁텁한 막걸리를 가지고 수지의 무덤으로 간다. 이제 와서 하늘을 원망한들 무슨 소용이 있으랴. 아무리 생각해도 하늘의 뜻은 아무도 모르는 일이거늘. 그는 무덤가에 앉아 마치 수지와 탁이가 마주앉아 있는 것처럼 서로 술잔을 나눈다. 살아서 이렇게 마주앉으면 얼마나 좋았을까, 쓸쓸하게 혼자 앉아 있는 늙고 초췌한 최립의 모습이 더욱 초라하게 다가온다.

6장

가는 세월을 어찌 막으랴

비육지탄髀肉之嘆

비육髀肉은 넓적다리 살을 가리키는 말로 자신의 능력을 발휘하지 못하고 허송세월만 보내는 것을 한탄하는 것으로 '비육지탄髀肉之嘆'이라고 한다. 『삼국지』의 '촉지'에 보면 유비가 조조를 피해 황족인 유표가 있는 형주에서 4년간 할 일 없이 지낸 적이 있었다. 어느 날, 유표의 초대를 받아 잔치에 참석했는데 우연히 살이 찐 자신의 넓적다리를 보았다. 지금까지는 아무 생각 없이 지냈는데 그날따라 유난히 살이 찐 다리가 눈에 들어온 것이다. 자신의 다리를 보며 유비는 그만 눈물을 주르륵 흘리고 만다. 그 모습을 본 유표가 깜짝 놀라 물었다. 그러자 유비는 이렇게 말했다.

"나는 지금까지 항상 말을 타고 전장을 누비며 살았습니다. 그래서 넓적다리에 살이 붙을 겨를이 없었지요. 근래에는 말을 타는 일이 없이 가만히 앉아 먹고 마시기만 하니 이렇게 다리에 살이 붙었습니다. 세월은 나를 기다리지 않고 빠르게 흘러 머지않아 나도 늙을 것입니다. 그런데 아직 아무것도 이룬 것이 없으니 어찌 슬프지 않겠습니까."

이때부터 보람 있는 일을 하지 못하고 세월만 보내는 일을 비육지탄이라고 한다. 자기반성의 기회로 삼고 앞으로의 인생을 더욱 풍요롭게 하고 싶은 경계의 말로 쓰이고 있다. 우리의 조상들은 죽음을 앞두고도 자신의 삶을 돌아보며 후손들에게 경계하는 말을 자명비로 남겼으니 본받을 만하다.

다섯 글자만 새기도록 하라

성혼이 스스로 짓다

죽음이란 언제 어떤 식으로 우리에게 손을 내밀지 알 수 없다. 한때는 자신의 묘비명 짓는 것이 유행한 적도 있었다. 하지만 현재를 열심히 살고 즐기는 사람에게 죽음은 그다지 중요한 것이 아니다. 오늘은 어제 죽은 사람이 그토록 살아보고 싶었던 내일이기 때문에 우리는 최선을 다해 현재를 살아가야 한다. 한번쯤은 자신의 인생을 돌아보며 자신의 묘비명을 지어보는 것도 괜찮을 것 같다.

성혼1535~1598은 조선 선조 때의 성리학자이다. 30세에 천거로 참봉에 올랐다가 다음해에 6품직에 올랐으며, 다시 천거로 대관臺官이 되었으나 모두 병 때문에 나가지 못했다. 천거는 조선 시대에 3품 이상의 고급관리들에게 관리로서 적합한 관원 후보자를 3년마다 3인씩 추천케 하는 임용 제도를 말한다. 과거科擧 제도의 단점을 보완하고 숨어 있는 유능한 인재를 구하기 위해 실시되었으나 점차 문벌과 파벌 중심으로 변질되어 운영되었다.

성成은 그의 성이고, 혼渾은 그의 이름이며, 호원浩原은 그의 자이고, 창녕昌寧은 그의 본관이다. 혼渾은 약관 시절에 병을 앓아 몸이 허약하고 정신이 어두웠는데, 이렇게 일생을 마쳤다. 언제나 옛사람들이 몸을 닦고 학문한 내용을 들으면 자신도 모르게 공경하는 마음이 생겼다. 하여 책을 읽고 이치를 깨달으려고 노력했지만 끝내 얻지 못했다. 병 때문에 스스로 접어 조금도 이루지 못했으니 참으로 슬프다.

타고난 성품이 신중하지 못하고 가벼워 착실하지 못하여 덕이 없었다. 기질과 체력이 맑지 않아 세상일에 어지럽혀진 것은 말로 표현할 수가 없을 정도다. 또 남의 잘못을 잘 지적하여 사람들이 가까이 하려고 하지 않았다.

을미년1535, 중종30에 태어나 아무 해에 죽으니 향년이 약간인데, 청송聽松 선생의 묘 아래에 장사 지냈다. 나는 스스로 이 글을 써서 광중壙中에 넣어 묘지墓誌로 삼게 하였다. 묘 앞에 작은 돌을 세워 '창녕 성혼묘' 다섯 글자만을 새기고 돌의 후면에는 고향과 족보, 사망한 날짜와 장례한 날짜 및 자손의 이름만을 간략히 써서 새기도록 하라.

『우계집 제6권』 '잡저雜著, 스스로 지은 묘지' 일부

그는 어떤 사람인가. 스스로 지은 묘지명의 내용만 본다면 공부를 하려고 노력을 했으나 머리가 나빠 뜻을 이루지 못한 사람이다. 게다가 몸도 허약해서 결국은 공부도 접고 만다. 그뿐인가 성격도 좋지 않아 사람들이 가까이 하려고 하지 않았던 사람이다. 내용으로만 본다면 분명 별 볼일 없는 사람임에 틀림없다.

성혼이 벼슬길에 오르게 된 사연을 설명하는 글에서는 웃음이 나오기도 한다. 그는 어려서부터 몸이 약해 과거 시험도 포기하고 은둔생활을 했다. 그러자 주위 사람들은 그것을 보고 '과거시험에 뜻을 두지 않은 굳은 사람'이라고 칭찬하여 소문이 나기 시작했다. 너도나도 서로 천거를 하려고 하여 얼떨결에 벼슬길이 열렸지만 그마저도 병 때문에 사양하자 사람들은 영화로운 벼슬자리를 탐내지 않는다고 더욱 칭송했다.

또한 조상의 무덤이 있는 파산에서 오두막을 짓고 살자 은거하여 지조를 지키는 사람이라고 하면서 조정에 있는 사람들이 다시 천거하는 바람에 뜻하지 않게 높은 관직에 올랐다고 한다. 한마디로 자신은 벼슬자리에 나갈 생각이 전혀 없었는데 사람들이 괜히 오해를 하고 부풀려서 훌륭한 인재로 만들어 버렸다는 것이다. 재미있는 상황임에는 틀림없다. 자신의 생각과는 다르게 사람들은 보이는 것만으로 그 사람을 지조가 있다느니 뜻이 굳건하다느니 하는 칭찬을 하며 멋대로 판단을 해버렸으니 말이다.

묘지명에는 자신을 죄인이라고 말한다. 시험도 보지 않고 다른 사람에 의해 관직에 올랐으니 도둑질을 한 것과 같다고 말한다. 그것은 국가의 은혜를 저버린 일이기 때문에 자신이 죽고 나서 국가에서 내리는 모든 물건을 절대 받지 말도록 당부한다. 또한 묘 앞에 '창녕 성혼묘昌寧成渾墓'라는 다섯 글자만을 써서 자손들로 하여금 묻힌 곳을 알게 하면 충분하다고 했다.

혹시라도 다섯 글자만 쓰는 것도 옛 성현을 따라하는 것이 아니냐는 말들이 있을까 봐 한마디 덧붙인다. 그분들과 자신은 상황이 다르다고 말한다. 그분들은 뜻이 있어서였지만 자신은 죄가 있으므로 스스로 폄하해서 성명만 쓰는 것이니 오해하지 말라는 뜻인 것 같다.

> 내 비록 사리에 어둡고 어리석으나 살아생전 사람이 메는 가마를 타는 것은 옳지 않다고 하신 옛 선비의 말씀을 들은 적이 있다. 그래서 부모님이 돌아가셨을 때에도 사람들을 동원하여 상여를 메고 갔다는 소리를 들으면 나도 모르게 인상을 찌푸리곤 했다. 더군다나 나는 신분이 천하니 살아서든 죽어서든 소에 실려 가는 것이 옳다.

그는 아들 문준에게 이런 유서를 남겼다. 혹시라도 울퉁불퉁한 길 때문에 소가 끄는 마차에서 혹시 관이 떨어질까 관을 어떻게 실어야 하는지까지도 유서에 자세하게 설명했다. 성혼의 여러 글을 읽으며 느낀 것은 그는 누구보다 인품이 훌륭했다는 사실이다. 자명비만 보더라도 그가 얼마나 겸손하고 반듯한 사람인지 느껴진다. 그의 겉모습만으로 사람들이 판단하여 천거한 것은 결코 아니었다.

지난날을 거두어 정리하며

정약용이 자신에게

다산 정약용1762~1836은 자신의 파란만장했던 삶을 돌아보며 스스로 묘지명을 지었는데, 자신의 생애를 묘지명이라는 형식을 빌려서 쓴 자서전이라고 볼 수 있다. 지금까지 어떻게 살아왔는지를 밝히고 앞으로 남아 있는 삶은 어떻게 살겠다는 의지를 담았다. 문집에 넣으려고 상세하게 적은 집중본과 무덤 속에 넣기 위한 간단한 광중본이 있는데 이 글은 집중본의 일부이다.

그가 유배생활을 한 기간은 장장 18년이다. 그리고 유배에서 돌아온 지 4년 뒤에 환갑을 맞는다. 고난을 이기고 돌아와 육십을 맞아 자신의 묘지명을 쓴 정약용의 심정은 지금과는 또 다른 새로운 출발이었을 것이다. '인생은 육십부터'라는 말의 원조가 혹시 정약용의 묘지명이 아닐까 하는 생각을 해본다.

본명은 약용若鏞이고, 자는 미용美庸이며 또 송보頌甫라고도 한다. 호는 사암俟菴이고 당호堂號는 여유당與猶堂이니 '주저하기를 겨울에 내를 건너듯 하고 조심하기를 사방 이웃을 두려워하듯 한다'는 뜻이다.

임오년1762, 영조38에 태어나서 지금 다시 임오년1822, 순조22을 만났으니, 한 갑자甲子 60년은 모두 죄와 뉘우침으로 지낸 세월이었다. 지난날을 거두어서 정리하고 일생을 다시 시작하니, 금년부터 정밀히 닦고 실천하며 하늘의 밝은 명을 돌아보면서 여생을 마치리라. 드디어 집 뒤 정남향 언덕에 무덤 구덩이 형태를 그어놓고 그 평생의 언행言行을 대략 기록하여 무덤 속에 넣을 묘지명으로 삼는다.

『다산시문집 제16권』 '자찬 묘지명 집중본' 일부

다산은 천주교 박해가 생기면서 화를 당하게 되었다. 자신의 형인 정약현 부인의 남동생이 바로 조선에서 천주교 단체를 만든 장본인인 이벽李檗으로 세례자 요한이었다. 더군다나 정약현에게는 두 명의 사위가 있었는데 그 중 한 명이 황사영이다. 황사영은 신유박해 때 청나라 연경에 있는 외국인 신부에게 편지를 썼는데 조선과 외교를 해서 천주교를 합법화시키는 데 힘을 써달라는 내용이었다. 그러나 이것이 발각되어 사형을 당하고 가족들은 노비로 가게 되었다. 정약용은 황사영과 주고받았던 편지들 때문에 천주교도로 몰려 18년간의 긴 유배생활을 시작하게 된 것이다.

이 사건으로 그는 죽음까지 각오했을 것이다. 유배지에서 사약을 받고 죽는 일은 다반사였다. 누군가가 괜히 일을 부풀리거나 주동자로 몰아버리면 천주교를 박해하던 시절이었으니 벗어날 방법이 없었다. 하지만 그는 좌절하지 않고 유배생활 중에도 죄인을 다스리는 법을 쓴 『흠흠심서』, 나라 살림살이를 적은 『경세유표』, 지방 관리들이 지켜야 할 덕목 등을 쓴 『목민심서』 등을 저술했다. 그리고 멀리 떨어져 있는 자식들에게 틈틈이 편지를 써 교육을 하기도 했다.

> 나의 지나온 날들을 가만히 되짚어보니 그래도 착한 일들이 제법 여러 장이 되었다. 그런데 나쁜 행실을 떠올려보니 너무 많아서 책에 다 적을 수가 없다.

누구나 자신을 돌아볼 때면 한 번쯤은 '그때로 돌아가면 더 잘했을 텐데' 하는 후회를 하곤 한다. 지난날을 떠올릴 때 부끄럽지 않을 사람이 몇이나 있겠는가. 후회는 하더라도 조금 덜 할 수 있도록 자신만의 묘지명을 미리 새겨보는 것은 어떨까.

다시 무엇을 구하리오

명문銘文은 스스로 짓고 썼다

우리는 항상 무언가를 채우려고만 한다. 그렇게 채우려고만 하다 보면 불필요한 것들이 넘치게 된다. 인생은 공수래공수거가 아닌가. 빈손으로 왔다가 빈손으로 가는 것이니 마지막에는 가볍게 가야 하지 않을까. 그러려면 비우는 연습도 해야 할 것이다.

조선 중기의 학자 퇴계 이황1501~1570은 죽기 며칠 전에 자제들을 불러 자신이 다른 사람에게 빌렸던 책들을 빠짐없이 돌려주라고 말한다. 그리고 미리 스스로 지어 놓은 비명을 쓰도록 당부한다.

태어날 때는 크게 어리석었고 자라면서는 병이 많았으며 중년에 학문을 좋아하게 되어 말년에서야 벼슬길에 올랐다. 학문은 할수록 아득하고 벼슬은 사양해도 자꾸 내렸다. 관직에 나아가 어려움이 있었으나 물러나 은거하니 뜻을 바로 세울 수 있었다.

산은 높디높고 물은 쉴 새 없이 흐르는데 벼슬을 버리고 선비 옷을 입으니 비방이 사라졌다. 근심 속에 즐거움이 있고 즐거움 가운데에 근심이 있는 것이다. 자연으로 돌아오니 다시 무엇을 구하겠는가.

『고봉집 제3권』 '퇴계退溪 선생 묘갈명'

당시 퇴계 이황은 정승의 지위에 있었기 때문에 그가 죽으면 국가에서 예를 갖추어 장례를 치르는 것이 당연한 것이었다. 이황은 미리 그것을 사양하면서 유언으로까지 당부를 한다. 하지만 이황의 부음이 전해지자 임금은 영의정으로 추증하고 예를 갖추어 장례를 치룰 것을 명한다. 이황의 유언대로 두 번이나 상소를 올려 사양했지만 나라의 명을 어길 수 없어 받아들였다. 멀고 가까운 지방에서는 이 소식을 듣고 모두 슬퍼하고 애석해하며 서로 곡하고 조문하였다.

이 일을 만일 남에게 부탁하여 할 경우 아는 사람 중에 반드시 실상이 없는 일을 장황히 늘어놓아 세상에 비웃음을 받을 것이다.

묘갈명을 스스로 지은 이유에 대해서 이황은 이렇게 유언을 했다. 그는 임종 직전에 일어나 기대 앉아 주변을 정리하게 했다. 그리고 자신이 평생 아끼던 매화에 물을 주라는 말을 하고는 앉은 채 조용히 숨을 거두었다고 한다. 마지막 날까지 그는 평소대로의 일상을 살다가 떠난 것이다.

후세 사람들이 경계토록 하노라

허목이 자신에게 쓰다

세상에는 재미있으면서도 가슴에 와 닿는 묘비명들이 많이 있다. 영국의 소설가 버나드 쇼는 묘비명에 "우물쭈물하다가 내 이럴 줄 알았다"고 새겨 놓았다. 그리고 예언가이며 학자였던 노스트라다무스는 자신이 죽은 후에 많은 사람이 몰려올 것을 알았는지 "후세 사람들이여, 나의 휴식을 방해하지 마시오"라고 적었다. 우리는 훌륭한 사람을 본받으려고 노력한다. 그들이 했던 멋진 말들을 따라하며 실천하려고 한다. 하지만 과연 그 말들을 충실하게 실행하고 있는가 하는 질문에는 선뜻 대답하지 못한다.

조선 후기의 문신 허목1595~1682이 지은 자명비는 시원시원한 느낌이다. 뜻대로 살지 못한 자신의 인생을 툭 내뱉듯이 던졌지만 읽는 이로 하여금 반성을 하게 만든다. 이것은 허목이 86세 때 지은 자명비다.

늙은이는 허목許穆으로 자가 문보文父라는 사람이다. 본래는 공암孔巖 사람인데 한양漢陽의 동쪽 성곽 밑에서 살았다. 늙은이는 눈썹이 길어 눈을 덮으므로 스스로 호를 미수眉叟라 하고, 태어나면서부터 손에 '문文'자가 있어 스스로 자를 문보文甫라고 했다.

늙은이는 평소에 고문古文에 관심이 많아 일찍이 산중에 들어가 공자의 글을 읽었다. 많은 시간이 걸려 문장을 이해할 수 있었는데 그 글이 대단히 복잡했지만 갈피를 잡지 못할 정도는 아니었다. 혼자 지내며 내키는 대로 즐기되 마음으로 옛사람들이 남긴 교훈을 실천하려고 했다. 평소에 스스로를 잘 다스려 잘못된 행동을 적게 하려고 했지만 잘 되지 않았다. 스스로 명銘하기를,

말은 행동을 덮지 못하고
행동은 말을 실천하지 못하였다.
겨우 큰 소리로 성현의 글을 읽기만 좋아했지
하나도 잘못을 보완해 가지 못했기에
돌에다 새겨 후세사람들이 경계하도록 하노라.

기언 미수연보부록附錄, 자명비

허목은 예학에 대해 송시열과 논쟁을 벌였던 남인의 핵심인물로 조선 후기의 정계와 사상계를 이끌어간 사람이다. 학문적으로도 주자학을 중시하던 당시의 분위기와는 달리 원시유학에 관심을 두고 고전학문을 개척했다. 게다가 도가적인 성향과 더불어 불교에도 개방적인 태도를 보였다. 정치적으로는 강성한 입장을 고수하여 풍파를 겪기도 했다.

> 선생은 여윈 얼굴에 눈썹이 길었으며 늘씬하고 출중하여 멀리서 바라보면 신선과 같았다. 가까이 가서 보면 우뚝하여 시원스러운 운치가 있었으니 요컨대 세상에 드문 분이었다. 초야에 있을 때에는 산수에 취미를 붙여 무릎을 안고 앉아 선왕의 도를 노래하며 그렇게 평생을 살아갈 사람 같았다.
>
> 기언 미수연보부록附錄, '이익이 지은 허목의 신도비명' 일부

글을 읽으며 상상으로 허목의 초상화를 그려본다. 아마 여윈 얼굴은 근엄한 표정이었을 것이고 늘씬한 키는 더욱 꼬장꼬장하게 보였을 것이다. 멋진 지팡이라도 쥐고 도포 자락을 휘날리며 산 정상에라도 서 있다면 어떨까. '미수'라는 호처럼 길고 하얀 눈썹이 흐르듯이 바람에 나부끼는 모습에서 과연 신선의 모습이 보일 만도 하다.

에 • 필 • 로 • 그

슬픔에서 찾아야 할 것은 무엇인가?

제사를 지냄에 있어 제문祭文이 있는 것은 슬퍼하기 때문이며 위로하기 위해서입니다. 그 슬픔이나 위로는 비록 제사를 받는 이를 위함이기도 하지만 제사를 지내는 이 또한 스스로 슬퍼하고 위안을 받기도 하는 것입니다.

『수당집 제8권』 이남규

제문은 분명 죽은 사람에게 쓴 글이다. 하지만 조선 말기 항일 운동가 이남규1855~1907의 말대로 그것이 어찌 죽은 자만을 위한 것일까. 비록 그 모습은 영원히 볼 수 없는 곳에 있어도 편지를 쓰며 생전의 모습을 떠올리고, 추억하며 살아 있는 사람도 위안을 받는다.

죽은 사람은 그것으로 모두 끝이라고 생각할지 모른다. 시간이 지나면 잊히게 된다고 말할지 모른다. 그러나 한 가지 분명한 건

살아있는 사람들이 살아 있는 사람들만 기억하고 사는 건 아니라는 것이다. 가끔은 함께했던 소소한 추억을 떠올리며 웃기도 하고, 한편으로는 더 잘해주지 못한 미안함으로 안타까워한다. 죽었으니 "안녕, 잘 가" 하고 지우개로 지우듯이 싹싹 없애고 아무렇지 않게 살아갈 수 있는 사람은 세상에 없을 것이다. 그저 평생을 아물지 않는 상처로 가슴에 품고 살아갈 뿐이다.

죽음은 늘 우리 곁에 있어 왔고 앞으로도 영원할 것이다. 그럼에도 항상 옆에 있을 줄 알았던 사람이 한 순간에 사라지는 경험은 당혹감과 함께 두려움과 고통을 안겨준다. 그렇게 죽음은 사랑하는 사람을 빼앗아가고 남은 사람에게는 영원한 그리움을 남긴다. 그리움은 문득문득 죽은 자를 불러오고 더 이상 같이 할 수 없다는 현실에 절망감을 안겨주기도 한다. 하지만 그럼에도 불구하고 우리는 또 불러내어 보고 싶었노라고 외치는 것이다.

곁을 떠난 사랑하는 사람들을 기억하고 그리워하는 우리 조상들의 제문과 애사, 묘비명과 행장들을 모았다. 비록 제문이라고는 하나 이승에서 저승으로 보내는 편지다. 보고 싶은 그리움을 토로하고 함께했던 지난날들을 추억하며 그동안 이승에서 무슨 일이 있었는지 소소한 일상까지도 꼼꼼하게 적어 보낸다.

첫 번째 '단장지애'편에서는 자식을 잃은 부모의 마음을 담았다. '단장'은 창자가 끊어지는 고통이다. 자식이 죽으면 부모는 가슴에 묻는다. 여러 편의 제문을 읽으며 차마 다 읽지도 못하고 한숨을 내 쉰 적이 한두 번이 아니다. 나도 모르게 눈물이 흐르고 안타까운 마음에 가슴을 친다. 눈에 넣어도 아프지 않을 어여쁜 자식을 차가운 흙구덩이에 묻어야 하는 부모 마음을 어찌 말로 표현할 수 있을까.

> 옛말에 "지극한 정을 표현할 수 있는 말은 존재하지 않고 지극한 슬픔을 나타낼 수 있는 글은 있지 않다"라고 하였다. 다만 하늘을 부르며 통곡하면서 하루 빨리 죽어 아무것도 모르게 되기를 원할 뿐이다.
>
> 『동춘당집, 17권』 송준길

자식을 잃은 부모의 심정을 어떻게 글로 표현할 수 있을까. 그래도 이렇게나마 하지 않을 수 없는 것은 한을 풀어 낼 길이 없기 때문이다. 피를 토해내듯 뭐라도 하지 않으면 견딜 수가 없기 때문이다.

두 번째 '할반지통'편은 형제를 잃은 고통이다. 몸의 절반을 베어내는 고통이라고 하여 '할반'이라고 한다. 형제들을 보고 있으면 어머니와 아버지의 모습이 숨어 있는 것을 발견하곤 빙그레 웃을 때가 있다. 연암 박지원이 지은 시를 보면 더욱 가슴에 와 닿는다.

우리 형님 모습은 누구를 닮았던고
돌아가신 아버님 생각나면 형님을 보았다네.
이제 형님이 보고 싶으면 어디에서 본단 말인가.
두건을 쓰고 도포를 입은 후 시냇물에 나를 비추어보네.
『연암집 4권』 '돌아가신 형님을 생각하며'

아버지가 보고 싶을 때는 형님을 보았고, 형님이 그리울 때는 자신의 모습을 비춰 본다는 것이 참으로 서글프면서도 그리움의 간절함이 느껴진다. 이렇듯 형제는 부모님의 모습을 생각나게 하는 유일한 핏줄이기 때문에 먼저 세상을 떠난 형제자매에 대한 그리움은 남다를 수밖에 없다.

세 번째 '천붕지통'편이다. 어버이의 죽음은 하늘이 무너지는 고통이라고 해서 '천붕'이라 한다. 요즘이야 핵가족화의 개념으로 친척들과의 관계가 소원하지만 예전에는 달랐다. 하여 부모를 잃은 많은 이들이 이모나 고모, 계모의 손에서 자라기도 했다. 그래서 꼭 친부모가 아니더라도 나를 길러주고 정을 베푼 이들까지 어버이편에 포함을 시켰다.

> 백세토록 효도를 다 하려고 건강하기만을 바랐는데 어찌 하루저녁에 이리 될 줄 알았겠습니까. 음성과 모습을 다시는 볼 수 없게 되었으니 간과 폐가 찢어지고 눈물이 흘러넘칩니다.
>
> 김한성 『춘정집』 추보 제문

자식들은 언제나 자기가 우선이다. 예전에도 그랬고 지금도 그렇고 앞으로도 변함이 없을 이기적인 자식 유전자다. 내 공부가 우선이고, 내 친구가 먼저이고, 내 욕심이 언제나 앞서는 것이다. 그러면서도 언제까지나 부모가 곁에 있을 것이라는 생각을 믿어 의심치 않는다. 하여 효도는 언제나 나중으로 미뤄진다. 앞날은 아무도 모르는 일이니 지금 이순간이 가장 효도하기 좋은 시간이 아닐까 싶다.

네 번째 '고분지탄'에서는 아내를 잃은 남편의 슬픔을 담았다. 물동이를 두드린다는 '고분'에서 유래한 말이다. 하나이면서 둘이고, 둘이면서 하나인 사이가 바로 부부다. 남편을 잃은 아내의 슬픔도 헤아리기 힘들지만 아내의 죽음은 부부의 이별에 그치는 것이 아니다.

아비를 잃은 아이는 살이 쪄도 어미를 잃은 아이는 마르니….

조선 후기의 학자 박세당이 아내의 죽음을 슬퍼하며 지은 시의 일부분이다. 아내를 잃는 것은 남편뿐만이 아니라 아이들과 생활 전반이 휘청거리는 일이다. 조선시대에도 애처가는 존재했다. 그들이 아내를 얼마나 아끼고 사랑했는지 제문을 통해 느끼면서 반려자에 대한 생각을 다시 한 번 해보았으면 한다.

다섯 번째 '백아절현'은 친구의 죽음에 너무 슬픈 나머지 거문고의 줄마저 끊어버린 백아의 고사에서 유래된 말이다. 친구親舊라는 말에서 친親은 가까이에서 본다는 뜻이고, 구舊는 오래 되었다는 뜻이다. 다시 말하면 '가까이에서 오래도록 함께 한 사람'이라는 의미다. 또한 붕우朋友라는 표현을 쓰기도 하는데 '붕'은 새의 양 날개를, '우'는 사람의 두 손을 뜻하는 말이다. 진정한 친구란 새의 양 날개와 같고 양 손과 같다는 뜻이다.

그렇기 때문에 나를 알아주는 스승이나 마음이 통하는 벗은 세상 무엇과도 바꿀 수 없는 사람들이다. 우리 조상들은 나이나, 출신성분, 학벌 등을 따지지 않고 마음이 통하면 벗이 되고 배울 점이 있으면 스승으로 삼았다. 함께해서 좋은 사람들의 죽음은 그래서 비통할 수밖에 없다. 세상에서 가장 슬픈 일은 나를 알아주는 이를 잃는 것이다. 이것은 마치 한쪽 날개가 없는 것과 같고, 손이 하나만 남은 것과 같으니 그 상실감은 이루 말할 수 없으리라.

여섯 번째 '비육지탄'에서는 조상들이 자신이 살아 온 인생을 갈무리하며 스스로 쓴 자명自銘을 모았다. '비육'은 넓적다리 살을 가리키는 말로 아무런 일도 하지 않고 허송세월만 보낸 것을 한탄한다는 의미다.

이곳에 실은 자명의 주인공들은 물론 비육지탄의 삶을 살지 않았다. 그분들의 글을 보며 지금을 사는 우리를 경계하기 위함이다. 스스로를 낮추어 겸손하게 쓴 자명이지만 분명 우리나라 역사에 한 획을 그은 분들임에는 틀림없다.

태어나면 반드시 죽음에 이르는 것이 생명을 가진 모든 것들의 운명이다. 그것을 누구도 피해 갈 수는 없다. 그렇기 때문에 역사에 자신이 어떻게 남을지 두려워하는 사람들도 있었고 혹은 미화하려고 했던 사람들도 있었다. 하지만 조상들 중에는 자신의 발자취가 누군가에 의해 부풀려지는 것을 원치 않는 분들도 많았다.

> 촌구석에서 스스로 일어나 재상을 세 번이나 하였다. 늙은 후에는 거문고를 배워 감군은感君恩 한 곡을 타며 지내다가 천수를 다 하였다.
>
> 상진 『범허정집』 자명

참으로 짧은 글이지만 그가 태어난 곳이 시골이고 무슨 관직을 했으며 어떤 취미로 여생을 보냈는지 명쾌하게 드러난다. 이렇듯 찾아보면 재치 있으면서도 자신의 삶을 잘 나타내는 묘비명들은 많다. 하지만 우리나라 선조들의 묘지명처럼 스스로를 돌아보게 하고 어떤 삶을 살아야 할지를 생각하게 하는 비명은 흔하지 않다. 그래서 더욱 새겨 둘만한 글인 것 같다. 우리도 스스로의 마음을 다시 잡게 만드는 자명 하나쯤은 마음속에 담아두어도 좋을 듯하다.